恋路島・夏

吉田 一
Hajime Yoshida

文芸社

恋路島・夏

プロローグ

七月末の湘南の空はあくまでもマリンブルーに晴れ渡り、灼熱の陽射しが車のウィンドーガラスを通して注いでいた。

淳《じゅん》はエアコンを強くして冷風を呼び込んだ。車は百二十九号線を南下して、百三十四号線に突き当たった。左に行くと茅ヶ崎、江ノ島。右へ行くと大磯、箱根である。信号が赤なので停止して周りを見回すと、左にファミリーレストランがあり、右のガソリンスタンドは廃業したのかロープが張り巡らしてあった。

助手席の理恵《りえ》の横顔を見ると、東京からのドライブで疲れたのか眼を閉じていた。寝入っているのかどうかはわからない。

信号が青になったのでアクセルを踏み込むと、車は交差点内の緩やかな勾配を上りながら右折した。交差点の勾配を上り切ったところで、眼前にさっと相模湾が広がった。思わず誰にともなく頷いた。理恵に声をかけようと思ったがやめておき、一人で広がる海の景色を楽しむことにした。車は大磯方面に走ると、すぐ左右に松の防砂林が広がり海を遮った。

また理恵の横顔を見ると、相変わらず目を閉じたままだ。目尻には小皺が出ている。理恵も年食ったなと思った。五十一歳にもなったのだから仕方ないが。若い頃は美人で可愛くて、モテていたけどな、とおかしくなった。人は自然と年を取る。

理恵は年齢相応かな？　それとも俺が苦労をかけたせいかな……などと思う。車のラジオから、「亜麻色の髪の乙女」の歌が流れてきた。理恵がやっと目を覚まして「懐かしい歌ね」と言った。もちろん、昔のヴィレッジシンガーズの歌ではなく、ラジオから流れている声は女性の声であった。

ふと、二人が出会ったばかりの三十年前に戻りそうになった。車はノロノロと走り、花水川を渡る付近で急に視界が広がり、左側にまた相模湾が望めた。

「海が見えるわ」理恵は嬉しそうに言った。

「理恵は元水泳部だから、海が好きだろう」

「大好き、高校時代は海を泳いであなたに会いに行ったわね」

理恵の目は遠くを見ていた。

車は花水川を渡り、西湘バイパスに乗った。左に相模湾が広々と見渡せた。

今年で淳も五十歳になる。理恵の提案で人生折り返しの小旅行をしようということになり、子供達に留守を任せて、箱根の仙石原温泉へ一泊二日で行く途中であった。

車は大磯港を左下に見て走る。眼前に箱根の山々がそびえ、左に真鶴半島、その背後に伊豆半島が背景として広がり、その左先端を相模湾が鋭く削ぎ落としていた。車は順調に走り、右手に大磯ロングビーチが見えてきた。夏の大磯ロングビーチの臨時駐車場は車で埋まっていた。カップルや家族連れでいっぱいになりながら、うごめいているという感じだった。色とりどりな水着姿の若い女の子達も眼に飛び込んできた。最近の若い娘はいい身体しているなと思っていた時、理恵に「前を見て運転して」と言われた。

「理恵と知り合ったのはいくつの時だっけ?」

「これだから男の人はいやだわ、あなた、私の誕生日も覚えていないでしょう」

「覚えているよ。えーと、八月……」

「あなたと会ったのは、あなたが高二、私が高三の時よ」

「そうだったね。あの時、俺は理恵と一つ違いなのに、三つぐらい年上な気がしていたよ。ほんとに姉貴みたいに感じてた」

「今はどうなの?」

「一つ上、そのまま」と言って淳は笑った。

海を見つめていた理恵は突然、「あなた、スナックのママとはどうなっているの?」と聞いてきた。淳はぎょっとして、「スナックのママ? そんな女知らない」と咽ながら答えた。

「よく言うわね、ママさんから子供ができたと電話があったわ」

「………」

確かにママとは何度もモーテルに行った。しかし、最近行った時も淳の子供ができたとは言っていなかった。淳もまた、そんなヘボではない。酔っ払って抱いた時に勢いで何か変なことを言ったのか、思い出せない。

淳の脇の下を汗が流れた。

「そんなに言うんなら、理恵も若い頃、いろいろあったじゃないか」

「それはあなたと結婚する前の話よ。あなたと結婚してからは浮気なんかしていません。結婚してからあなた一筋、バカみたい。スナックのママの話、どうして私が知っているのか不安でしょう。この前、ママさんからあなたとの子供ができたので会いたいと電話がかかってきたので、驚いて喫茶店で会ったわ。ママさんには、私は淳と別れる気はないからときっぱり言ってあげた。ママさん泣き出したけれど、いい顔できないもの、仕方がなかったわ。ママさんが堕ろすと言い出したので、私から見てお腹に赤ちゃんがいるとは思えなかったけど、その時はかかった費用を請求して、と言って別れたわ。それ以降、電話がかかってこないから、どうしたのかわからないけど。あなた、罪なことをしてはダメよ」

「そんなことがあったのか。しかし、二、三日前に店に行ったが何も言ってなかった」

「その日もママと子供ができるようなことをしたの?」

「……してはいないよ、誓ってもいい。しかし、何で理恵に電話をしたのだろう」

「知らない、あなたを好きなんでしょう。あなた、酔っ払って一緒になろうとか言ったんじゃないの? それで子供ができたと言えば、私が降りると思ったのかもしれない。私が怒ってあなたを責めれば、あなたはますます自分の方にくると思ったのかもね」

「ゴメン、もうママの店には行かないから」

「どうだかわかるもんですか。あなたは根っからの女好きだから」

「女が嫌いな男なんかいないよ」

「あなたは特別。フィリピンの女とも随分遊んでいるんでしょう?」

話していると料金所に着いた。会話が止まる。いいタイミングだと思った。三百五十円を払い、またアクセルを踏み込む。道路は緩やかな右カーブを描き、また緩やかに左カーブを描く。淳は国府津インターを越え、森戸川を渡りハンドルを左に切り、車を西湘パーキングに入れた。パーキングは休日なので混雑していた。苦労して駐車スペースを見付けて、何度かハンドルを切り返して駐車した。

車を降りてトイレに行きながら、理恵にウーロン茶とキャスターマイルドを買ってきてくれと頼んだ。淳はトイレを済ませ車に戻ると、運転席に座り理恵の帰りを待った。女性のトイレは混んでいるのか、なかなか帰ってこない。女性はトイレひとつでも大変だなと少し同情した。

横の車を見ると、若いカップルが乗っている。「いいいなあ」と思いながらも、この二人はこれからどう生きていくのかと思った。自分達の人生にダブらせてみると、いろいろあるんだろうなと、ふと笑みが洩れた。

「俺はどこで狂ってしまったのだろう。それとも俺は理恵の言うようにホントに好色なだけなのか？」

しかし淳にはそうは思えなかった。理恵に対する愛情はいまでも変わらないし、感謝もしている。いま、自分がかろうじてこの世にいるのは理恵のおかげだと心から感じているし、飲み歩けるのも理恵のおかげだと、淳にはわかっていた。

淳は大学を卒業して中堅の建設会社に営業で入社した。最初の頃は右肩上がりの日本経済の発展に乗り、努力しないでも仕事が舞い込んできた。それが、バブルがはじけてからは価格だけの競争になった。特に最近は酷い。技術もプライドもあったものではない。淳自身、昔のコネを生かして得意先回りをしても価格が優先された。会社を継続させるためには叩いてでも契約を取るしかなかった。特に安値で受注した物件は下請け業者に泣いてもらうしかない。年々の価格低下で下請け業者の体力は低下していき、倒産する業者が何社も出ていた。

そんな日は嫌になって酒に溺れた。酒に溺れて人恋しくなって、女のいる店に行った。いつしか行きつけの店も何軒かできて、馴染みの子もできた。それでも理恵は何も言わずに飲み代を払ってくれた。

理恵も子育てが終わってからはまた働きだしていた。理恵の働きがなければ、会社の経費を以前みたいに湯水のように使えず、年収の下がっている淳は、自由に飲み歩けないことはわかっている。スナックのママもそんな中で知り合った。

ママはまだ三十前の若さだったので身体に溺れた。

理恵に悪いので今日を限りにママの店に行くのだけはやめようと、淳は決心した。他には行くかもしれないが……。

1

淳達にもいい時代があった。淳も理恵も故郷は九州だ。

理恵はさっき淳を責めたが、理恵だって十九歳、二十一歳、二十三歳と大騒ぎをやったのだ。確かに結婚する前ではあったが。

理恵が、高校卒業後、熊本のデパートに勤めて間もない頃のことだった。淳は、「理恵は、絶対男に言い寄られるから用心しろ」と言ったのに、コロリと騙された。若い頃の理恵は本当に可愛かった。だから、「注意しろ」と何度も言っていたのに。その男は同じデパートに勤めていて、その年に東京の大学を出たばかりの男だった。新入社員の女性の中でも理恵の美貌は群を抜いていたから、無理もなかった。

当時、淳はまだ高校三年生。身体はおとなだったが、心はまだ子供だった。その男は、毎日理恵の帰りを社員用の通用口で待っていたらしく、余りに毎日執拗に誘うのでお茶ぐらいならと誘いに乗ってしまったそうだ。デパートの休日は水曜日であり、日曜日ではない。客商売だから仕方がないが、淳は高校生なので、水曜日に休むわけにはいかない。

二人はデパートの休日に映画を見に行くようになった。映画を見に行くだけならよかった。しかし、十九歳の女と二十三歳の男である。今思えば「なってはならない仲」になるほうが普通であった。しかし理恵には淳がいた。若い淳に許せるはずがなかった。淳は理恵の態度で男ができたことを感じた。理恵は徐々に淳を避けるようになってきた。淳は許せなかった。そして行動した。水曜日、学校をさぼり、理恵が厄介になっている親戚の家の前で、朝から待った。男は車で理恵を迎えにきた。理恵が家から出てきた時、淳は飛びだして理恵を呼び止めた。

「淳、何をしているの？　学校でしょう」

理恵は姉さん振った言い方をした。淳は今でも覚えている。

「理恵こそ何をしている」

淳は叫んだ。

すると、男が車から降りてきて、

「君が淳君か。なるほど理恵の言う通り、可愛いね」

と言った。淳は、「可愛い」と言われ頭にきて、「あなた、お名前は？」と聞いた。

「新宅《しんたく》です」と男は答えた。

「新宅さん、理恵は俺の女です。あなたには渡しません。理恵が欲しかったら、俺を倒してからにしてください」

淳は叫んでいた。

「どういう意味だい？」

新宅は理恵を見ながら言った。

「淳、ばかなこと言わないで、新宅さんに失礼でしょう」

理恵は困った顔をしていたが、淳は大声を出した。

「何が失礼なものか。俺の女を奪おうとしているんだ」

「君、そんな大きな声を出しては近所迷惑だし、理恵も困ってるよ」

淳は理恵を見た。理恵は初めて会った時と同じような鋭い眼差しで淳を見つめていた。淳も理恵を見つめ返し、それから新宅に視線を移した。

「それほど理恵が欲しければ、俺と決闘してください」

「決闘？　そんな子供じみた真似をしろと言うのか」

新宅は笑った。

何も持っていない淳としては、身体で決着をつけるしかなかったのだ。

新宅は理恵に、「この子、少しおかしいんじゃないのか?」と言った。理恵はそれには答えず、

「淳、お願いだから帰って」と泣きだした。淳も泣かれると弱い。

「明日、夜八時、薬専《やくせん》のグラウンドで待っている」と新宅に叫んだ。

「薬専なんてどこだか知らないよ」

「理恵に聞けよ。理恵は知っている」

そう言って淳は立ち去り、その足で三時間目の授業から出席した。先生には注意されたが、家庭の事情ということで逃げた。先生はそれ以上追及してはこなかった。

次の日の八時、淳は薬専のグラウンドで新宅を待った。巌流島で武蔵を待つ小次郎の心境だった。新宅は理恵に案内されてやってくると、

「君、野蛮なことはやめないか。理恵が今、どっちが好きかで決めればいいんじゃないのか?」

と言った。

「新宅さん、理恵の気持ちじゃない。俺の気持ちが収まらないんだ」

淳は叫んだ。新宅は理恵を見て、「何とか言ったらどうだい? 理恵は俺のほうが好きなんだろう?」と言うと、理恵は両手で耳を押さえてしゃがみ込み、「わからない!」と叫んだ。

「理恵、話が違うじゃないか。さっきまでそう言っていたじゃないか」

新宅は理恵を責めた。

「淳の顔を見たらわからなくなった！」

「新宅さん、俺に勝ったら理恵はやる」

淳は言い、足を前後に広げて腰を少し落とし、自由に動ける体勢を作った。新宅も頭にきたのか、闘う気概を示した。二人の眼力が飛び交い絡み合った。

一瞬、淳は恋路島《こいじしま》での、木島《きじま》という殺人犯との闘いを思いだした。恋路島は、文字通り理恵と恋に落ちた思い出の場所だ。

すると、淳の視線がより強くなった。と、突然、新宅は「やめた」と言い背を向けた。淳は拍子抜けをして、「どうした?」と聞いた。

「バカバカしい、やめだ、やめだ。理恵くらいの女なら東京に行けばいくらでもいる。やめだ、やめだ」と言いながら去っていった。

淳は去っていく新宅の姿を眼で追いながら、しばらくその姿勢を崩さなかった。いや、力を抜くのが怖かった。新宅が去った後には、淳と、耳を覆いしゃがみ込んでいる理恵が広いグラウンドに残された。淳は理恵に近づき、「終わったよ」と肩を叩いて立ち去ろうとした。理恵は、ワッと泣き声を上げながら、淳の肩にしがみついてきた。その時、淳は理恵がいきなり年下になったように感じた。淳は詫びる気持ちになり、「ごめんね、悪かった」と謝り、「理恵が、新宅さんと付き合うと、ちゃんと宣言してくれれば邪魔はしなかった」と言った。言いながら本当に理恵を忘れることができるのか、自信はなかった。

理恵は淳の肩で泣きやむと、お姉さん振りを発揮するいつもの姿に戻った。淳を野球用に設置してあるベンチに座らせて、自分も並んで座りアーモンドチョコレートを渡した。淳はチョレートの箱を破り一つ口に入れると、甘いチョコレートと香ばしいアーモンドの味が口の中に広がった。理恵はガムを口に放り込み噛みだした。野球場が二面取れる広さの薬専のグラウンドで、月明りの中、ベンチに座り無言で淳はチョコレートを食べ、理恵はガムを噛んだ。理恵はそのガムを口移しで淳に渡そうとした。淳は新宅に教わったのかと腹立たしかったが、別なことを聞いた。

「新宅と寝たのか?」

理恵は、「寝てない」と首を振りながら、淳の口の中にガムを送り込んできた。

淳は嘘だと感じたが、追及しなかった。もう、済んだことだと思うことにした。淳は送り込まれたガムを噛んで、また理恵の口に返した。理恵は、「甘い」と言って笑った。淳は少しムッとした。それは甘いだろう、俺は理恵にもらったチョコレートを食べているんだから。

理恵は淳の手を引いて薬専のグラウンドの隅の草むらに連れていき、誘うように草むらに倒れた。淳はヤブ蚊と闘いながらも久しぶりに理恵を抱いた。月明りの中、理恵の白い肌が踊り、浮かび上がってはまた闇の中に消えた。淳は幻想的な気分の中で、何度も理恵を抱いた。その日は家に帰るのが遅くなり、親父に叱られた。

翌日は学校で理恵のことばかり考えた。

淳の思っていた通りになってしまった。が、理恵は可愛すぎるから仕方がない。社会人になって、デパートに勤め、化粧を覚えた理恵は、高校時代の素顔の可愛さから、女として磨かれて眩しく映る。「また同じことがあるだろう。その時はまた闘うしかない」淳は、フトため息をつき、高校生と社会人では所詮付き合うのは無理なのかと考えた。しかし、今の淳にとって理恵のいない世界は考えられなかった。理恵は自分だけのもの、誰かに理恵を取られることなど淳には耐えられなかったし、考えたくもなかった。理恵が他の男に抱かれることを考えると狂いそうだった。理恵のいない世界を思うと心が痛んだ。

「俺のものだ」淳は無理して理恵の笑顔を想い、やっと微笑んだ。

その日、理恵の事以外は何も考えられなかった。目を閉じると、月光に映された理恵の姿態が脳裏に浮かび上がって淳を悩ませた。

2

「あなた、何、怖い顔しているの？」

理恵が車に帰ってきて、助手席に座った。

「薬専の時のことを思い出していた。新宅っていうやつと……」理恵はいきなり笑い出した。

「薬専の時のあなたは強かったわ」理恵はまた笑う。

「あなたが本当の男に見えたもの。その二年後は弱かったけど」と続けた。

理恵は淳にキャスターマイルドとウーロン茶を渡した。

「そんな弱いあなたを見て、私が助けてあげなければと思ったのが間違いだったわ。あの時あなたを助けようという気さえ起こさなければ、私の人生は違ったものになっていたわ」

「あの時の俺を見殺しにできたのか？」

「できなかったから、今のあなたがあるんじゃないの」

「しかしあいつは強かったな。何という名前だったっけ？　そうそう、古城《こじょう》だ。強かったな。やつが空手をやっているとは知らなかったよ。あとで道場を開いたからな。俺も本当に無茶したもんだよ」

「あの頃のあなたは無茶で、そのうえ無鉄砲で、見ていられなかった」

「それは俺のせいじゃない。理恵のせいだ」

「何で私のせいなの？　私はそうは思わない。少しは男の人と遊んでもいいじゃない。私もいろいろな人と遊びたかった年頃よ」

「そんなの知らないよ。当時の俺はお前に夢中だったからね」

「その代わり、あなたは今遊んでいるじゃないの。男って全く自分勝手だわ。若い頃は若さと体力で、年を取ってくると地位とお金で遊べるんですもの」

「何わけのわからないことを言っているんだ。俺はそんなに遊んでいないよ。だいたいそれほど遊ぶ小遣いをもらっていないじゃないか」

「そうかしら、小遣いくれとすぐ要求するくせに」

「お前も昔は可愛かったのに」

「あら私、今でも可愛いわよ」

淳はキャスターマイルドに火を点け、深く吸い込みながら理恵の横顔を見た。

淳は、二十歳の頃の古城との闘いを思いだしていた。

「何をするのですか、もうやめてください！　古城さんが勝ったのですから、これ以上はやめてください！」

「理恵、邪魔だ、どけ。理恵、お前は今から俺の女だ、どけ」

古城は倒れている淳の脇腹を蹴り上げた。古城は強かった。


淳が東京の私大に通い始め、二年ほど経った頃、理恵は古城と付き合いだした。二十一歳の理恵は、やはり休みの日に一緒に遊んでくれる異性が欲しかったのだろう。淳は、夏、冬、春の休みの時しか熊本には帰れなかった。その隙間に古城が入ってきたのだ。理恵のいる売り場に用もないのに毎日通ってきたそうだ。

大学二年の夏休み、帰省した淳は、理恵が古城と付き合っているのを知った。古城と対決するしかないと思った。理恵が居候している家の前で、理恵の休みの日に古城を待ち決闘を申し込んだ。

古城はせせら笑いながら、

「お前が淳か。俺が何者か知ってものを言っているのか！　俺は古城だぞ」と言った。

よくありがちな喧嘩言葉だと思いながらも淳は、

「知っているよ、古城さんだろう。俺に勝ったら理恵をあげるよ」と返事をした。

「理恵はもう、もらったも同然だ。いつ、どこでやる？」

「明日、夜八時、薬専のグラウンド」

「明日八時、薬専のグラウンドだな。わかった」

帰り際、古城はニヤリと笑った。

次の日、古城は一人で来た。淳が「理恵は一緒じゃないのか」と聞くと、「男の喧嘩に女はいらない」と答えた。淳は頷いた。妙に昂揚した、楽しいような気分だった。

その時、理恵がグラウンドに入ってきた。淳は理恵を目で追った。淳の目の動きを見た古城は、正面から左踵落としを入れてきた。淳も素早く左へ動いて踵落としを避け、右フックを思い切り叩き込もうとした。しかし古城の右手突きのほうが早かった。古城は左踵落としから正面右手突きへ、流れるように移行した。古城の突きは見えない速さで、淳の左肋骨に向かった。肋骨が折れる不気味な音がして、淳は前屈みになり身体を支えた。そこに古城の膝が淳の腹と顔面に炸裂した。淳の唇は切れ、おびただしい血が飛び散った。古城は淳の頭を押さえ付け、何度も淳の腹と顔面に膝を叩き込んだ。頭を必死に振りほどいた淳は、のたうち回り、胃にあるものすべてを血と共に吐き出した。古城は、のたうち回る淳を執拗に辺り構わず蹴り上げた。淳は恐怖を感じ、ここで死ぬのかと思った。しかし、古城の攻撃は緩やかになった。時折、脇腹を蹴り上げられた。理恵が真横から淳に覆い被さり、両手を広げて古城に蹴りを入れさせないようにしてわめいていた。

「古城さん、もうやめてください。あなたの勝ちだから、淳をこれ以上蹴るのはやめてください!」

「理恵、どけ」

古城は、理恵の隙を見ては執拗に蹴り続けた。その度に淳は苦痛で身体をくの字に曲げ、うめき声を上げた。

「古城さんやめてください! 淳が死んだらどうするんですか」

理恵は淳をかばった。それでもなお、古城は淳の脇腹を蹴り上げていた。

「こんなやつ、死んだほうがいい。理恵、お前もそう思うだろう」

理恵は突然泣き出し、「古城さん、もうやめて」と言い、自分の身体を反転させると、淳を全身で覆い隠して守ろうとした。

「理恵、そいつから離れろ。邪魔だ、そいつを蹴り殺す」

古城のその言葉に理恵が反応した。理恵は淳から離れて立ち上がり、蹴りを入れようとしている古城の鼻に噛み付いた。古城の鼻から血が噴出した。古城は右正拳で、理恵の左側頭部を叩いた。理恵はその場に崩れ落ちた。古城は鼻から血を出し、荒い息をつきながら、「こいつら狂っている」と言い、見向きもせずに鼻を押さえながら立ち去った。

淳はうめきながらも、まだ気はあった。自分を救うために動いた理恵が倒れていることはわかっていた。淳は理恵の倒れている方向ににじり寄っていき、頬を叩きながら、「理恵、理恵」と叫んだが、理恵はピクリともしなかった。古城の正拳が効いているのだ。

淳は理恵の唇に、自分の唇を重ねた。淳の切れた唇から流れ出た血潮は、理恵の頬に流れ落ちた。なぜか涙が溢れでた。理恵の柔い唇を夢中になって吸いながら、薄れていく意識の中で、「理恵も俺以上にアホだな。でも死ぬなよ」と心から思った。

淳が気づいたのは病院のベッドの上だった。心配そうに見つめる母親と理恵がいた。

「理恵、お前はいいのか」

自分のことより理恵のほうが心配だった。

「私はちょっとした脳震盪だったので、大丈夫」

理恵は笑った。

「それより救急隊員の人は、私の顔を見て驚いたそうよ。あなたの血を顔に浴びていて血まみれだったらしいわ。顔に大ケガしていると思って傷口を探したけど見つからない。頭かと思ったけど頭にもない。そしてあなたの傷を見てやっとわかったそうよ。それより、淳、お願いがあるの……退院したら、古城さんのところに私と一緒に行って欲しいの」

「行ってもいいけど、何で……」

「私が古城さんにケガさせてしまったお詫びと、やはり淳についていくと言いたいの」

「理恵、俺は負けたんだよ」

「わかっているわ、そんなこと。私がかばわなければ、淳は殺されていたわよ。淳を助けたのはこれで二度目。私が助けてもらったのは一度、これからは助けてね」

その一度というのは、淳が恋路島で殺人犯から理恵を助けた時のことだ。

「淳は私が他の男と付き合うと何をしでかすかわからないから、もう他の人とは付き合わない。退院して上京する時には、私も連れて行ってね。そうでないと私も寂しいから」

淳は頷いたが理恵の言葉を本気にはしていなかった。

3

古城と決闘したその年の秋、ケガが治り退院して上京する時に、理恵は本当にデパートを辞めて付いてきた。

こうして、理恵との東京での同棲生活が始まった。同棲がちょうど流行っている時代でもあった。淳は大学に通いながら、夕方からはバイトした。理恵も上京するとすぐ働いた。美人は特である。理恵は新宿のデパートにパートとして入ったが、人事部長に気に入られて正社員に採用された。

一年は平穏だった。まるで新婚生活のような日々を送った。淳は知らなかったが理恵の貯金がそれを支えていた。理恵の貯金が底を尽き、うまいものが食えなくなってきた。理恵は淳を食わせるために働いてくれたが、それだけでは二人は食えない。淳も食堂でバイトしていたが、収入はたかが知れていた。

理恵はやつれていった。ふっくらとしていた可愛らしさが消えた。それでも美人であることには変わりはなかったが。そんな理恵を見て、人事部長は不憫に思ったのか、理恵を食事に誘うようになった。度々理恵の帰りが遅くなり、食べ残しのフライや時には鮨折を持って帰ってきては、淳に食べさせてくれた。淳はすぐに気づき、理恵を責めたが、一番悪いのは自分だとわかっていた。それでも、理恵を責めずにはいられなかった。

理恵は泣いて謝りながら、「また、喧嘩するの?」と聞いてきた。淳は自分の経済力のなさが理恵を横道に走らせたことはわかっていた。自分が一番悪いことを。しかし腹は立った。

「一度、人事部長に会わせて欲しい」と頼んだが、理恵は「会わせない」と断った。しかし、淳がまた無茶をするといけないと思ったのか、とうとう「しょうがない、会わせてあげる」と折れた。淳は理恵には悪いが、会わせてくれないのなら、理恵の職場に乗り込むつもりでいた。理恵は、そんな淳の感情の動きを察したのだろう。

部長と会ったのはホテルオークラのレストランだった。目の前でステーキを焼いて切って出してくれた。しかし淳は手を出さない。淳はどんなに腹が減っても食べない気でいた。その分を理恵に勧めた。

「ぼくはいりませんから、理恵に食べさせてやってください」

理恵はおいしそうに食べていた。淳はコーヒーだけをもらった。

「淳君、君達はまだ若過ぎる。君は大学四年生だそうだが、卒業まではまだ一年くらいある。所詮、学生で生活力のない君と彼女が同棲すること自体に無理がある。理恵さんの面倒は私に任せてはもらえないだろうか」

と部長は切り出した。

淳はコーヒーを啜りながら、理恵を見た。理恵もさすがにステーキを口に運ぶのはやめて聞いていた。

「長い間とは言わない。淳君が自活できるようになるまででいい」

「理恵を二、三年、愛人にしたいということですか」

「ま、そういうことになるかね」

その時、淳は自分でも腹が立たないのを不思議に感じた。理恵の気持ちに任せようと思った。貧乏で食えないことはそれほど辛かった。若い淳でも骨身に応えていた。理恵すら満足に食べさせることができない、不甲斐ない自分に失望していた。

「理恵、部長さんがああ仰っている……理恵に任せるから、好きにしたらいい」

一瞬、間を置き理恵は、「弱虫！」と叫ぶと、持っていたフォークで淳の手の甲を刺した。突き通りはしなかったが、淳の甲から血が滲み出た。部長は初めて見る理恵の激しさに驚き青ざめた。淳は滲み出る血潮をじっと見つめた。そして理恵に目を転じた。理恵は自分のした行為にとまどっているのか、フォークを持つ手が少しふるえていた。淳は滲み出る血を舐めながら、部長のほうへ目をやった。

「部長さん、その話はなかったことにしてください。理恵は私が食わせます」

「できるのかね?」

「惚れた女の一人ぐらい、食わせることができないようでは男ではありませんから」

「理恵さんはそれでいいの?」

理恵は頷きながら、「私、会社辞めます」と答えた。

部長は、「今の話はなかったことにすればいい。辞めることはないよ」と手を横に振りながら言った。

淳は帰りの電車の中でドア付近に立ち、理恵を後ろから抱き締め、流れてゆく中央線の夜景をガラス越しに見つめながら、「明日から昼夜でバイトしよう」と思った。理恵は淳にすべてを委ねたのか、頭を淳の左肩に乗せて、通り過ぎる光の帯を眺めていた。

高円寺のアパートに帰ると自然に悔し涙が溢れでた。理恵はそんな淳の姿を見て膝枕をしてやり、淳の髪をなでてあげた。淳は理恵の膝で泣いた。昔の自分なら、部長を殴っていただろうに、それはもうできない生活なのだった。

淳のバイト先は、今はなくなってしまったが大きな大衆食堂だった。次の日、店長に事情を説明してバイト時間の変更を申し入れた。運良く交代してくれる人がいて夕方からを十一時から十四時に変更してもらった。淳は夜八時から翌朝五時まで市ヶ谷にある印刷工場で徹夜のバイトをするつもりだったので、店長の寛大な処置に感謝した。

学校、食堂、学校、印刷工場の生活が始まった。大学へ行っても出欠を取る授業以外は講義に出ないで、学生ホールで居眠りをする生活だった。

理恵は淳が朝六時頃帰宅すると、既に朝食の用意をして待っていて、一緒に食事をして、淳が寝入ったのを確かめて夕食のためのおにぎりを握り、洗濯が済むと化粧をして淳のために目覚ましをかけて出かけていった。二人が必ず顔を合わせることができる時間は朝の三十分くらいだった。しかし、月に一、二度は楽しい日もあった。印刷工場のバイトに定員一杯であぶれる日もあり、そんな日は真っ直ぐ帰宅して理恵を抱いた。理恵も激しく応じてきて、淳の肩に噛みつき背中に爪を立てた。

九月、バイトにあぶれて早く帰った日、理恵は寝物語に、「今日人事部長から久しぶりに声をかけられたの」と言った。

「なんだ、また誘われたのか」

「いいえ、立ち話よ」

淳は胸元の理恵に鋭い視線を送った。

「話というのはね、あなたのことだったわ。建設会社にコネがあるから紹介しようかですって」

淳は部長の顔を思い出していた。

「部長は俺が心配なんでなく、理恵が心配なんだろう」

淳は理恵の髪をかきあげながら、「部長はまだ理恵のことが忘れられないんだね」と言った。

「そうかしら、淳のことを心配していたわ」

理恵は覆い被さったまま、淳の乳首を口に含んだ。

「そうだよ」理恵の髪をなでながら、いざとなったら利用させてもらおうかと考えた。

「なにを考えているの?」理恵がすり上がってきた。

「理恵は可愛いからな」と言い、淳は理恵の背中に腕を回して上になって、胸の谷間に顔を埋めた。

「淳、早く就職決めて。でないと私、こまる」

「わかっている、俺も早く決めて水俣に行きたい。明日、就職課に行ってくる」

「いいところがあるといいわね」

「もう遅すぎるからわからないけど」

「明日は印刷のバイトしないで早く帰ってきて。話を聞きたいから」

後は会話にならない、二人して身体で話し合い夜のふけるのを忘れた。

次の日、淳は就職課を訪ねて募集リストを閲覧した。真新しいリストを持って来た職員に、ここを受けたら？　と言われた。A建設のリストで、内定を断った学生がいたらしかった。淳は受けてみようと思った。帰宅してそのことを理恵に告げ、部長の件は断ってくれるように頼んだ。

次の日、理恵は部長に頭を下げた。部長にどこを受けると聞かれたので、A建設ですと答えた。部長はA建設ならデパートの出入り業者だから、話をしてやると切り出した。淳は嫌がると思ったが、頭を下げた。決まれば、水俣に行ける。

それから数日して、淳はA建設から内定通知をもらった。コネが効いたのかどうかはわからない。理恵は一言も言わなかった。今でも淳は知らない。

その年の暮れ、二人は帰省した。淳にとって椿《つばき》家の敷居は高かったが、度胸を決めた。広間で理恵の親父と対面して、両手を畳につき、口上を述べて、顔を上げた時、いきなり往復ビンタを食らった。いきなり張られたので驚いたが、覚悟はしていた。可愛い娘を取られたのであるし、二年以上も既に同棲している。親父は張って気が晴れたのか、「理恵はくれてやる、幸せにしてやってくれ」と言い、広間を出て行った。淳は両手をつき顔を畳にすりつけてお礼を言った。横で正座して成り行きを見守っていた理恵は、ハンカチで目頭を押さえた。

翌年の秋、東京で挙式した。二人の両親には上京してもらい、はとバスで東京見物をしてもらった。

淳二十三歳、理恵二十四歳であった。理恵はその後二十六歳で長男を出産して、二年おいて一男、さらに二年おいて一女を授かった。三人とも五体満足、平穏な日々だった。

「あなた、何を考えているの？　早く行きましょう」

昔のいい女が言った。

「いや、同棲してからのことを思い出していた」

淳はくゆらせていたキャスターマイルドを灰皿で揉み消して、アクセルを緩やかに踏込み車を走らせた。

理恵は何かを思い出してフフフと笑った。

「あなた、父に叩かれた時、痛くなかった？」

「痛くはなかったけど驚いたよ。覚悟はしていたけど」

「私もあの時は驚いたわ。いきなりですものね」

「俺だって自分の娘だったら、同じことをすると思うよ」

「父親ってそうなのかしら？　ただあの時のあなたは立派に見えたわ。嬉しくって涙が出たもの」

「俺も一世一代の勝負だったからな」

車は西湘パーキングを出て酒匂川にかかろうとしていた。

「まあ、あなた、あれを見て」理恵が声を出した。

理恵が指差すほうを見ると、一組のカップルが肩を寄せ合ってキスをしていた。

「若いっていいわね。何も怖くはないものね」

「俺達にもそういう時代があったじゃないか。俺達のほうがもっと激しかったと思うよ」

「そうかもね。私達の若かった頃も激しかったわね」

「恋路島で理恵と恋に落ちた時、俺は燃えたからな」

「あの頃は、私のほうがあなたに夢中だったわ」

「皆、どうしているのかな。本木《もとき》と今日子《きょうこ》、幸一《こういち》と千代《ちよ》は一緒になったけど。孝《たかし》と尚子《なおこ》は少し付き合って別れて、敏之《としゆき》と良子《りょうこ》もそうだった。尚子は今でも大阪にいるのかな？　最近葉書が来てないみたいだけど……」

「最近は来ていないわ。けど、大阪にいるんじゃないの？　でも、あなた、尚子のことだけは気がかりみたいね」

「そんなことはないよ」

淳は打ち消したが、高校時代、理恵の後輩だった尚子とは、何度かこっそりデートしていた。尚子は日曜日、時々熊本市にやってきた。理恵は仕事なので都合がよかった。尚子が高校を出て大阪に就職をする最後のデートの日、淳は尚子を抱いた。「理恵さんには悪いけど、思い出にしたいの……」と、あの時尚子に言われたのだった。

「あなた、また何か考えているの？」

「いや、何も考えてはいない」

「今日のあなたはおかしいわ」

4

高校二年生の夏のことだから、かれこれ三十年以上も前だ。

九州熊本、自学館高校の軟式テニス部の部室。若い男の汗の臭いが染み付いた部屋に、淳をはじめクラブの仲間が六人集まっていた。本木、孝、敏之、幸一、中島《なかじま》、そして淳。

「本当に行く気か」孝が淳に尋ねた。

「今年行かないと、来年は受験で行けないぞ」淳は答えた。

「どこに行くんだい？」敏之が聞いてきた。

「無人島さ！」淳が言った。

「本木の言っていた島か」幸一も聞いてきた。

「そうだ、恋路島に行こう！」と淳は宣言した。

無人島の話は本木から聞いていた。本木は、水俣から来ていた。水俣の二キロくらい先に、恋路島という島がある。昔はキャンプ場があったが、今はさびれて無人島になっているらしいと。

その話を聞いた時から、淳は一度そこに行ってみたいと考えていた。

淳は瞳を輝かせ、「恋路島に行こう」と仲間に言った。そこにいた五人は賛同した。残る仲間は、村山《むらやま》、川村《かわむら》の二人だが、後で聞くことにした。

敏之が本木に「テントは持っていかなくていいのか?」と聞いた。本木は、「子供の頃行った時は、バンガローがあったけれど、今はわからない」と答えた。淳が、「俺が八人用のテントを持っていく」と請け負った。

そこで、話はとりあえず終わり、一週間が過ぎていた。

「来年は受験勉強で行けないからな、本当に行くんだったら今年行かないと」

淳はまた念を押すように言った。

「そうだな」孝も賛同した。

「行こう」敏之も答えた。

「無人島か、面白そうだな」幸一も言った。

というわけで、とにかく行くことに決まった。後はメンバーである。淳は言い出しっぺだから
もちろん行く。孝、敏之、幸一、本木、中島も行くとなった。村山、川村、は勉強を理由に断っ

てきた。

日程のことで話し合った。孝が三泊と言い、幸一が一週間と言った。敏之が一週間は長いと言うと、一瞬の沈黙の後、淳が「じゃあ五泊でどうだ?」と言った。孝と敏之も頷き、それで五泊と決まった。出発は、夏休みに入った次の次の日、七月二十二日と決まった。淳が一日は家でゆっくりしたいと言ったためである。

出発の一週間前、淳は自宅に帰ると父に恋路島に行くことの許可を求め、そしてテントを借りて欲しいと頼んだ。淳の父親は高校の教師だった。以前中学時代にキャンプに行った時も、父親に高校のテントを借りてもらったことがあったのだ。父は快く了承してくれた。これでテントは確保できたので、後は食料等を一週間かけてゆっくり用意すればよかった。

いよいよ七月二十二日。午前八時、熊本駅に集合だった。参加者は淳、孝、敏之、幸一、本木の五人。中島は勉強を理由に間近になって断ってきた。付き合いが悪いと非難はしない、彼らにとって勉強もまた大切である。それぞれ大きなリュックを担いで熊本駅に集まってきた。本木は夏休みで水俣の実家に帰っているので、水俣駅で待ち合わせすることになっていた。八時半の普通列車で行くことになっているので、待合室に入った。

四人で待合室に行くと、三人組の女の子が目に入った。孝と敏之は目配せした。女の子達は四人には気が付かないみたいで、立ったままお喋りに熱中していた。淳も女の子達を盗み見た。と、一人の子が振り返り、その子の強い視線とぶつかった。他の二人も淳のほうを見て、三人の視線を、淳一人が受ける格好になった。いや、そうなったように淳が感じただけかもしれないが。振り返った子は、確かに淳を視線の中に捕えた。が、他の二人は四人にただ漠然と視線を向けただけに過ぎなかった。淳は咄嗟に視線を落として、女の子の視線の包囲網から逃れた。

もうじき列車が到着するというアナウンスが流れた。淳達四人は、改札を出てホームで待つことにした。と、三人組も同じ列車に乗るのか、遅れて改札から出てきて列車を待っていた。孝は敏之に顎をしゃくり上げ、三人組の存在を知らせた。敏之は頷き、目が笑った。博多の方角から列車が入ってきた。ドアが開き、人が降りると慌しく皆乗り込んでいる。四人も人が降りるのをもどかしく待ち、駆け込むように乗り込んだが、その必要はなかった。中はガラガラ、席は自由に座れるほど空いていた。反対方向から三人組が乗り込んでくるのが見えたので、四人は何とはなしに三人組を注視した。

彼女達は列車の真ん中くらいの、右側に席を取った。進行方向側に一人、向かいに二人座るのが見えた。

孝と敏之はお互い眼で合図して、三人組の真横、左側の席が空いているのを確認した。と、その席を取られてたまるものかと突進して、敏之は進行方向の通路側に、孝がその向かいの通路側に腰を下ろした。淳は孝の横、窓際に座った。幸一も敏之の横、窓際に座った。淳は景色を見るのが好きだったので孝もそうだと思い、「窓際に座ってもいいのか」と聞いた。孝は「いいよ」と言った。いいやつだと思った。列車が動き出してしばらくすると、孝はすぐに横の女の子三人組に声をかけた。

「君達、高校生？」

「そうです」

横の女の子は、意外なほど素直に答えてきた。孝はこの一言に勇気を持つと、

「どこの高校？」と続けた。

「水俣です」

「水俣？」敏之が口を挟んだ。

「そう、水俣の高校です」

二人並んで座っている窓際の女の子は、四人の男子に興味を持ったようであるが、一人で座っている女の子はその会話に興味もなさそうに、窓の外を流れていく景色を眺めていた。淳も会話を耳では聞きながら、窓辺の景色を眺めた。

「何年生?」孝が聞いた。

「私達は二年生ですが、先輩は三年生」

通路を挟んで孝のすぐ横に座っている子は、一人で座っている子を指差した。指差された彼女は、指差した子を一瞥し、余計なことを言うなというような顔をした。指差した子はペコンと頭を下げた。

「あなた達のことも教えてください」

孝と並んで座っている窓際の子が聞いてきた。

「ぼく達は、自学館高校の二年生で全員軟式テニスクラブ員です。今日は恋路島にキャンプに行く途中です」敏之が答えた。

「自学館ですか。頭がいいのね」

孝のすぐ横の子の瞳に憧れが宿った。

恋路島、自学館と聞き、三年生の彼女の視線が四人に向けられた。しかしその視線は、淳にしか向けられていなかった。淳もその時、何気なく窓辺から車内に視線を移した。と、彼女の強い視線とぶつかって、淳は思わず目を逸らした。

「君達は水俣の高校なのに、何でこの列車に乗っているの?」

孝は不思議に思い、聞いた。

「終業式の日、先輩の親戚の方が熊本市にいるので、三人で遊びに行って、今日は帰る途中です」

窓際の子が答えた。

列車のアナウンスが、宇土が近いことを告げていた。

「飲みものを奢ってあげる。孝、悪いけど、宇土に着いたら買ってきてくれないか」

敏之が言った。孝は頷き、女の子達に好みを聞いた。二人はそれぞれ「コーラ」と答え、三年生の彼女は窓から視線を離さず、「いらない」と言った。敏之が「遠慮するなよ」と言うと、一瞬窓から視線を敏之に向け、「いりません」とはっきり答えた。淳はそのやり取りを興味深く見守った。彼女の直接の視線には耐えられないが、敏之を見た眼差しは涼やかだった。彼女の顔の輪郭をはっきり確認したことで、淳は心に少し余裕ができたように感じた。敏之は淳と幸一にも奢ってやると言ったので、幸一は「ラムネ」と言い、淳は「コーヒー牛乳、二つ」と答えた。

「二つ?」孝が聞き返してきた。

「うん、二つ。一つは彼女の」

淳は三年生の彼女を指差した。

彼女は驚いたように振り向いて淳を見た。いらないとも言わず視線をまた窓辺に移した。宇土駅に着くと、孝と幸一は飲みものを買いに走り、それぞれに頼まれた飲みものの瓶を抱えて戻ってきた。孝は二人の子にコーラを渡し、三年生にコーヒー牛乳を渡した。意外や彼女は、「ありがとう」と素直に言って受け取り、淳を見た。歌うような声だと淳は思った。思わず彼女を見ると視線が合った。彼女は微笑んだ。淳も微笑む。通路を隔てて向かい合う他の五人は、置いていかれた。

「皆、自己紹介しない?」

敏之が奢った特権で言いだした。

「ぼく、前場《まえば》敏之」とまず言い、孝を促した。

「前場孝でーす。敏之とは従兄弟でーす」とふざけた。

「興津《おきつ》幸一」幸一はぶっきらぼうに言った。

淳の番である。淳は三年生の視線を感じた。コーヒー牛乳の瓶の口に唇を付けながら、淳を見て発言を待っている。

「田島《たじま》淳と言います」淳は三年生から視線を離さず言った。いや離したかったのだが、なぜか吸い寄せられてしまったのだ。

男子の紹介が終わり、女子の番になった。孝と敏之は目を大きく見開き、自然と鼻の穴を心持ち広げて聞きとろうとの体勢を取った。淳はその姿を観ておかしくなったが堪えた。孝の横の子から言い出した。

「小山《こやま》今日子です」おかしくなったのか今日子は笑った。

「佐川《さがわ》尚子です」と言いながら今日子の肩を二度叩き、笑いながら尚子は今日子の背に隠れた。淳は次だなと思ったが、窓のほうに目を向けたままだった。また、見つめられたら吸い込まれてしまいそうで怖かった。

「椿理恵」三年生はきれいな声で言った。淳は理恵というのかと思いつつ、窓ガラスに映る理恵の顔を見た。予想通り理恵は淳を見ていた。淳はその視線に囚われたくなくて、窓ガラスから目を逸らした。敏之、孝、今日子、尚子は意気投合した。尚子は理恵の横に座り直し、敏之の横に通路を挟んで座った。

「何で恋路島に行くの？」今日子が聞いてきた。

「淳のやつが、無人島に行きたいと言ったから」敏之が答えた。

「淳さん、なぜ無人島に行きたいの？」尚子が聞いてきた。

「十五少年漂流記さ。さしずめ五少年漂流記だけど」

「四人しかいないじゃないの」今日子が言うと、「もう一人、本木というのが水俣で待っている」

と敏之が答えた。

「本木君？　自学館って言ったわよね。本木君なら、私、知っている！　本木君も自学館で軟式テニスをやっているのよね？」今日子は言った。

「へー、本木を知っているの」孝が聞いた。

「うん。中学が一緒だったから。頭のいい子で憧れの的だったわ」

「本木が憧れの的！」

孝は大きな声を出した。俺がその中学にいたらどうなっていたのだろうと、孝は想像してみてニヤリと笑った。敏之もそんな孝を見て笑った。突然、無遠慮に敏之は聞いた。

「皆、可愛いけど、何でそんなに日に焼けているの？」

今日子と尚子は笑い転げながら、「私達、水泳部」と言った。

淳は窓の外を眺めながら、水泳部か……と思った。

列車が八代駅に滑り込むと、何を思ったか理恵は席を立っていった。淳は背中越しに理恵を追った。理恵は列車を降りて何か買っていた。理恵はサイダーの瓶とポッキーを手に持ち、戻ってきた。でも元の席には戻らず、入り口から少し入ったところで立ち止まって、淳を見つめていた。そして淳と視線が合うと頷き、手招きした。淳は思わず振り返り、後ろを見るが、それらしき人はいない。俺のことを呼んだのかと気がついた瞬間、呼吸が苦しくなった。他の二組の男女は、通路越しに楽しそうに話していて気がついていない。幸一はと見ると白川夜船である。どうしようかと思う。随分時間が過ぎたように感じられた。淳は決心して席を立つと、敏之が、何?という表情をしたので、「トイレ」と答えた。

理恵の席に近づくにつれ、また呼吸が苦しくなってくるのがわかった。窓際にチョコンと頭が見えた。男の子だ、がんばれ、と自分を励ます。意を決して理恵の前の座席に腰を下ろした。理恵は、「遅い」と言ってにっこりと微笑んだ。しばらく見つめ合った。淳は動けない。理恵は微笑むと、左の掌で座席を二度叩いた。淳は救われたように席を移動して理恵の左に座った。理恵はサイダーを淳に渡しながら、「さっきはありがとう」ときれいな声を出した。

何のことか淳はわからなかった。お礼を言われるようなことはしていない。

「ほら、コーヒー牛乳、二つ……」

「あれか。あれは敏之の奢りで俺じゃない」

「そんなこと言っているんじゃないの。あなたの心遣いが嬉しかったの」

淳も確かにあの場面では、何か理恵に飲んでもらわないと全体の雰囲気が壊れると感じて、咄嗟に機転を利かせたつもりではあった。けれど理恵にはそれは言わなかった。わかってくれればいい。礼を言われるほどのことではない。サイダー瓶の口に唇をつけながら、理恵の横顔を見た。日焼けはしているが長い睫毛に大きな澄んだ瞳が輝いていた。唇はほどよくふっくらとしている、といって厚過ぎてもいない。鼻は高からず低からず。全体として整っている。色の黒ささえなければ美人と言える。いや、色の黒さが全体のバランスを崩し、奇妙な魅力を発散させていた。また呼吸が苦しくなった。

「何か顔に付いている?」

愛らしい唇が動いた。淳は不思議なものを見るように唇の動きに見入った。

「淳君、そんなに人の顔をじろじろ見るものではないわ」

「ごめんなさい」

淳は我に返り、謝った。

「素直ね。いいのよ」

理恵は楽しそうにポッキーの箱を開けて淳に差し出した。

淳は出されたポッキーを一本つまみながら、また理恵を盗み見た。理恵は淳の視線を感じ微笑むと、身体をひねり正面から淳を見つめ、サイダーを一口飲んだ。窓際にある小さなテーブルにサイダーの瓶を置くと、淳からも瓶を取り上げ同じように置いた。理恵は淳の手を包み込むよう

に握り、微笑んだ。淳はどぎまぎして下を向くと、

「駄目、淳君、ちゃんと理恵を見て。理恵も淳君を見たいから」

と命令されるので、仕方なしに淳も視線を上げた。しっかりと見つめ合った。こうなると淳も引けない。淳の瞳の光は優しいと理恵は思った。理恵は、満足したように視線を外すと座席に深く背を埋め、窓際のテーブルからサイダーを取り上げ淳に渡した。その瓶は理恵が飲んでいたものだった。淳は理恵を見た。理恵はもう一つのサイダー瓶を取り上げながら、自分の頭を淳の右肩に預けてきた。そして両手でサイダー瓶を大事そうに持ち、おいしそうに啜った。チュッと瓶を啜る音がした。理恵はおかしそうに、右肩越しに淳を見上げた。見上げる理恵の視線と絡み合ったが、淳はなす術を知らない。理恵は淳の飲んだサイダー瓶を大事そうに両手で抱え持ち、少しずつ飲んだ。飲みながら、「後、二十分くらいで水俣に着くわ」理恵は肩に頭を置いたまま言った。

「お別れね」

「いやだ」淳はうめくように言い、座席に深く沈み込み、サイダーを一口飲むと理恵に手渡して、また「いやだ」と呟いた。理恵はサイダーを受け取り窓際のテーブルに置くと、両手をそろえて淳の右手の甲に添えた。理恵の手の温かさが右手の甲から伝わってきた。淳は左手を理恵の手に重ねて強く握ると、振って、また「いやだ」と叫んだ。理恵はそんな淳を見て微笑み頷き、「私も」

と言い、淳の右頬にチュッと唇を添わせると、そのまま立ち上がり元の席に戻っていった。淳の右頬には理恵の唇の温かく柔らかい感覚が残った。

淳は残されたサイダーを飲みながら呆然と景色を見つめていた。孝がやってきて、「水俣が近いから降りる用意をしろ」と言うので、淳も元の席に戻り金網からリュックを下ろして用意をした。理恵を見ると、何の準備もせず窓の外を眺めていた。

敏之と今日子、孝と尚子が何かを交換していた。お互いの連絡場所らしい。駅に着いて七人は降りて、改札口を出ると本木が待っていた。時計を見ると十一時十分前である。今日子は走って行き、本木に挨拶していた。本木は最初わからない様子だったが、すぐ気がつくと「今日子さんか!」と言った。孝に「同じ列車だったのか、おもしろいこともあるもんだ」と呟いた。その一連の動きの中、理恵は淳に近づいてきてポケットに紙をねじ込んだ。広げて見ると、理恵の住所と電話番号が書いてあり、「必ず連絡して」と書いてあった。

「おおい、行くぞ」本木から声がかかる。

淳は眼で挨拶して理恵と別れた。孝と敏之が近づいてきて、「淳は年上に好かれるな」と言った。理恵と二人っきりで話していたのを孝に見られていたのだ。

港に行ったが、恋路島への船は出ていないことを知らされた。

五人頭をそろえて相談となった。あきらめようかと幸一が言いだし、不穏な空気が支配しようとした時、淳は行動に移った。近くの漁船に近寄っていき、乗っている漁師のオヤジに、恋路島まで行ってくれないかと交渉し始めた。漁師のオヤジは「自分は行けないが行ってくれる人を紹介してやる」と言ってくれた。紹介された漁船に行くと、すぐに交渉は成立した。一人千円、計五千円で行ってくれるとのことだった。早速漁船に乗り込み島を目指した。二十七日に迎えにきてくれるように依頼したが、波が高いと迎えにこられないと念を押された。

とにかく、五人は漁船に乗り込んだ。漁船は快調に波を切り、進んでいく。空は快晴。海は青。遠目に見ると、島は広葉樹に覆われて一面の緑だった。漁船は二十分くらいで恋路島に着いた。五人を降ろすと、漁師は「無茶するなよ」と言い残して、水俣に引き返していった。無人島に五人は残された。

「本木、井戸はどこだ?」

喉の渇きを覚えたらしい幸一が言いだした。

本木は全員を井戸に案内した。しかしその井戸は使われていなかったためか、水を満々と溜めてはいたが、ボウフラが湧いていた。全員が不安になった。水がなければ島での生活はできない。しかし、本木は落ち着いて「もう一つ井戸がある」と言った。全員同じ思いでもう一つの井戸に行ったが、その井戸にもボウフラが湧いていた。全員落胆して井戸の周りに座り込んだ。覗いてみると、その井戸は浅かった。

「古い水をかき出して、新しい水を湧き出させよう」

淳が言うと、皆は頷いた。もう行動するしかない。全員リュックを置いた場所に戻り、リュックを解き、中から鍋と飯盒を取り出して井戸に急いだ。淳と幸一は最初に井戸に入り、古い水をかき出すことにした。水は胸くらいまでしかなかったが、二人も入ればいっぱいだった。途中で孝と敏之に替わり、小一時間で井戸の水は空になった。じっと見ていると、水が湧き出してきている。淳はこれで飲み水は確保されたと感激した。孝に湧き出して少し溜まった水を飯盒にすくい取ってもらい、幸一に渡した。幸一は飯盒を大事そうに本木のところに持っていった。

本木は火を起こして待っていたので、早速飯盒を火にかけた。しばらくしてお湯が煮立った。淳はもう一つの飯盒も水を一杯にして本木に渡した。幸一が煮え立った飯盒にお茶の葉を落とした。急須なんて洒落たものはない。淳は持ってきたマグカップにお茶の葉が入らないように流し込み一口飲むと、「うまい!」と大声で叫んだ。孝も、敏之も、幸一も、本木も全員が、うまい、うまいと声を出し合った。その時、淳の頭の中には、理恵も存在しなかった。ただひたすらにお茶がうまいと思った。汗して手に入れたお茶は、淳の若い身体に染み渡っていった。

海辺に沿って朽ち果てたバンガローが二棟立っているが、雨露を防ぐには心もとなかったので、やはりテントを張ることにした。島の中腹まで登ると灌木の間に少し平らになった草むらがあるのでそこにした。まずシートを広げて、雨が入ってこないように十能で周りに溝を掘ってから、テントに潜り込み、支柱を二本立て、四方からロープで引っ張り杭を打ち込む。そして、テントの裾を広げて杭を打ち込んだ。最後に念のため、雨水避けの溝も四方に掘った。

それから夕食の準備に入った。やはりキャンプは食事が一番楽しい。淳はカレーを作る役を買って出た。鍋は淳を除く各自が一個は持ってきていた。淳はテントを持ってくる役目なので、その役目は外されていた。鍋に井戸から汲んできた水を入れ沸騰させた。鍋を掛けるレンガは、誰かが以前使用したものが残されていて、そのまま利用するだけでこと足りた。幸一に手伝ってもらうと、ジャガイモの皮をむくのがうまかった。「いつも手伝っているのか?」とからかうと、幸一はやけにむきになって否定した。

大きめに切ったジャガイモとタマネギをたくさん入れた。人参は皆嫌いだと言っていたので、少しだけにした。ジャガイモが少し柔らかくなったところで、持ってきた肉を半分入れた。もう一つの鍋に油を引き、残りの肉を全部入れ、醤油と砂糖をかけて煮、明日のおかずにした。甘辛い匂いが漂いだすと、「おいしそうだな」と孝が来て言った。淳は「これは明日のおかずだから」と言い、鍋を下ろした。煮過ぎてはおいしくない。淳は頃合を見てカレーのルーを溶かし込んだ。カレーの匂いが辺りを漂いだした。溶かし終わると鍋を下ろした。本木が飯盒で全員の飯を炊いていたので、そこへカレーの鍋を運んだ。

夕日が島の反対側に沈み、辺りが暗くなってきた。できあがったカレーをせっせと盛り付ける淳の姿を、焚き火が赤く映しだし始めた。

淳は一口頬張ると、「うまい!」と思い切り叫んだ。叫んだとて無人島、誰にも遠慮はいらない。全員が「うまい!」と大声を出した。しばらくは食べるのに熱中した。会話はない。

食事が終わり、幸一が作ったお茶を啜りながら、また話が始まった。淳は敏之と孝に、「来てよかったよな」と聞くと、二人より先に幸一が、「水俣で引き返さずによかった」と言った。孝と敏之は、「列車で女の子達と知り合ったことがよかった」と笑いながら言った。「淳、理恵という子、美人だけど三年生だからな」敏之が言った。

「淳、そうだぞ、本当なら年下のほうがいいんだ」孝も頷いた。

「いいじゃないか。一つ年上の姉さん女房は、金の草鞋を履いてでも探せと言うくらいだから、美人だったらなお儲けものだよ。なあ、淳」孝一は淳の肩を持った。

「孝、お前は尚子だな」敏之は確認するように言うと、

「敏之は今日子、いいな」と孝も確認した。

二人の会話を耳にしながら、淳は理恵のことを思っていた。姉さんかと思うと少し抵抗があった。まだ若い淳に取って一つ年上は三つぐらい年上に感じられた。でも理恵の顔を思いだすと、年上でも構わないと思った。突然、理恵の顔が浮かび上がり、頬に柔らかい唇の感触が蘇る。胸が苦しくなった。孝と敏之は、今日子がいいの、やれ尚子のほうがいいのと、お互い言い合い楽しんでいた。

と、その時、雨の一粒が落ちてきた。空を見上げると星も隠れて真っ黒である。五人は早々に食器類を片づけるとテントまで走った。テントに潜り込むや否や、閃光一番、雷が落ち、雷鳴と共に大粒の雨がテントを叩きだした。五人は寝転びながら思い思いのことを考えだした。孝と敏之はまた、今日子と尚子を論じ始めた。その中に時々理恵も混じった。淳は仰向けになりテントを叩く雨を見た。雨はテントに斜めに当たり激しく弾き返されていた。淳の記憶の中で、理恵の顔は不思議なことに日焼けしていなかった。きれいだと思った。寝つこうとしたが寝られない。テントの中は蒸し暑く、そのせいかとも考えた。今までこんなことはなかった。淳の健康な肉体は、横になったらすぐ深い眠りに誘ってくれた。

でもその夜は、淳はなかなか眠りにつけず、何度も寝返りを打った。

眠れないのは理恵も一緒だった。目を開けると、淳がすぐそばにいるような錯覚にかられた。目を閉じると淳の姿が浮かぶ。理恵はフッと溜息をついた。一つ年下の子を……と思う。思いがけずに自分のほうから頬にキスまでしてしまった。なぜなんだろう。熊本駅で一目見た時から引かれるところはあったが、たかが一時間で、と思う。「一目惚れかな」と力なく呟き、布団にうつ伏せになった。あいつの優しさがいけない。「田島淳か……」と呟き、胸が苦しくなってまた溜息をついた。急に起き上がると、母からもらった鏡台の前に座って自分の姿を映した。電気を点けるとパジャマ姿の理恵が鏡に映った。理恵は口紅を取りだし、引いてみた。鏡の中に紅いルージュが浮かび上がった。淳に会いたい。理恵は窓辺に寄った。外は嵐である。そうだ、明日会いに行こう、後輩を誘って。島までは直線距離で約二キロ。理恵達にとっては軽く泳げる距離であり、しかも内海だ。練習にはちょうどよい。理恵は会いに行くと決めたことで、やっと眠りにつくことができた。

翌朝、理恵は目を覚ますと、今日子に電話して島へ行こうと話をした。今日子は面白いと乗ってきたので、もう二人、同級生でも後輩でもいいから、泳ぎの達者な子を誘うように頼み、理恵は尚子にも電話した。尚子も孝に興味があるのか即座に了承した。理恵は淳の驚く顔を思い、胸が高鳴ったが、しかし困った。泳いで行けば当然水着だ。恥かしい。どうしよう？　理恵は、また今日子と尚子に電話して、薄手のワンピースか身体を隠すものを持ってくるように言った。それを運ぶのはもちろん理恵の役目であった。理恵は十時半に浜辺に集合をかけた。

浜辺には、理恵、今日子、尚子、二年生の良子と一年生の千代の五人が集まった。理恵は泳ぎだす浜辺の一番近い漁師の家を訪ね、島まで泳ぐことを告げ、今着ている服を預かってくれるように頼んだ。漁師は快く了解してくれて、「何時頃戻ってくるのかい？」と聞いてきた。理恵は、「島で遊んできますけど、夕方までには帰ってきます」と答えた。漁師は、「島に誰か渡っているようだから、気をつけるんだよ」と言ってくれた。理恵は、その人達に会いに行くのですと言いたかったけど、言わなかった。ただ、「ありがとうございます」と礼を言い、五人は水着になった。漁師はその姿を眩しげに眺めていた。

理恵は島で羽織る五人分の衣服を一塊にまとめて、ビニールの袋に入れ、頭に乗せ、しっかりと顎に紐で縛り付けた。

今日子が先頭を泳ぎ、良子、千代、尚子、理恵の順で島を目指した。もし落ちこぼれた子が出たら、泳ぎの一番うまい理恵が救うことになるが、そんな子はこの中にはいないはずだ。理恵の泳ぐ姿は、まるで京の大原女が海に浮かんでいるように見えるのかもしれない。理恵は泳ぐのは少しも苦にならなかった。もう少しで淳に会えるかと思うと胸が高鳴った。

淳達も早く起きた。昨夜の嵐は、淳達を寝不足にしていたが、若い身体には何の影響も与えていなかった。五人は起きると朝食前に島を探検することにした。テントを張ってある場所から灌木の中の道を少し登ると、灯台に出た。道はここで途切れていたので、淳は灯台の周りを歩き、反対側を覗いた。そこは切り立った崖になっていて、下りられそうもなかった。右側も同じだったが、木にそって行けば下りられそうだった。

淳は皆にどうする？と聞くと、飯を食べてから、海岸線巡りをしようということになった。早速食事を作ることにした。淳は幸一と組んで味噌汁を作った。飯炊きは本木の役目、水汲みと火起こしは孝と敏之の役目である。味噌汁の具はワカメと苦労して持ってきた豆腐であった。味噌汁はすぐにできた。本木のところに持っていくと、既に飯も炊けていた。いくつか缶詰を開けて一つの紙皿に盛り、全員で突ついた。

島の夏の朝は空気が清々しく、身が引き締まり心地よかった。

五人は瞬く間に食べ終わってしまった。片づけながら、「さあ探検しよう！」と敏之が叫んだ。淳も、孝も、幸一も、本木も全員が叫んだ。

「探検だ！」

海岸を水俣に向かって、左手方向から島巡りをすることにした。淳が先頭に立った。海岸はしばらく何の変化も示さなかったが、淳の視界から水俣が視界を消す頃、大きな岩の出っ張りが行く手を遮った。右の海の深さを見ると、削ぎ落ちていて渡れそうもない。左の山のほうを見ると、取っ付けば何とかなると思い、挑戦するが軽く跳ね返された。もう一度、挑戦した。孝と敏之に尻を押してもらい、淳はやっと中間くらいにへばり付き、右腕を思い切り伸ばすと岩の出っ張りをつかみ、右手一本で身体を持ち上げた。さらに左につかめる出っ張りを見つけて腕力だけで身体を持ち上げた。この動作を二、三度繰り返し、やっと岩の上に立てた。

下を見下ろすと、本木がロープを持って走ってくるのが見えた。それから、反対側を見た。天草の下島の山並みがハッキリと望めた。下りられるかと覗くと左手の山側からは簡単に下りられそうだった。敏之が淳を呼んだと同時にロープが落ちてきた。淳はロープを左手の大きな楠に巻き付けて、しっかり縛り、余った分を下りる方に垂らして先に下りることにした。島を水俣に向かって左回りに歩く。下島に面した海岸線は、常に風雨にさらされているせいか、かなり浸食されていて、何ヶ所かに風穴を作っていた。

淳は昨日聞こえていたほら貝を吹くような寂しげな音は、ここから出ていたのかと一人合点した。振り向くと四人が続いていた。先を行くと島の半分くらい、ちょうど灯台の右下あたりのところまでくると、一歩も進めなくなった。また大きな岩が張りだしていた。淳は朝、灯台から覗いた光景を思いだした。切り立った崖になっていて、波が打ち寄せる浜辺はなかった。淳はこの先には行けないことを四人に告げた。頭上を見上げれば、広葉樹の中の灌木を支えに灯台まで登れそうに感じたので、淳はどうするか四人に聞いた。敏之がまた大きな声で「冒険だ、冒険だ!」と叫んでいる。皆も「冒険だ」と叫びながら、山登りと決まった。

淳が道を作るため、先頭を行く。淳は何とかなるとたかを括っていた。登るのは下りるよりやさしい。三十分も登ると灯台の下に出た。下島の光景は、朝見た光景とは違って見えた。朝より黒々と横たわっている。時計を見ると十二時近かった。孝が、「腹減った」と叫んだ。思いは淳も一緒だった。昼は前日に作っておいた豚肉の甘辛煮と、朝の味噌汁の残りもので済ませるつもりだった。五人は腹を空かした狼のようにウロウロと歩き、飯を作る場所に向かった。テントの張ってある場所を通り過ぎ、浜辺に出ようと歩いていると、敏之と孝が素っ頓狂な声を上げた。

淳もすぐ追いつき、浜辺を見た。心臓が激しく脈打った。昨日の夜、淳を苦しめた人がそこにいた。女の子達は既に海から上がり、水着の上から思い思いの簡単なものを着ていた。理恵は薄手で黄色のノースリーブのワンピースを着ていた。身体がまだ乾いていないのか、ところどころにまとわりつき、理恵の伸びた肢体を浮き出させていた。理恵は淳を見つけると、その場で飛び上がり手を振った。会えた喜びを身体いっぱいに表現しているようだった。淳も手を振って応えた。理恵は淳の前まで走ってきた。二人は、そのまま突っ立ったまま見つめ合った。時間が緩やかに流れていた。理恵は大きく胸を弾ませ、「会いたかったから、来たの」と言った。淳は理恵に、不思議なものを見るような眼差しを送り、それから視線を沖に移して、「泳いで来たの？　無茶するなよ」と言った。理恵は淳の厚い胸元を眩しげに見ながら、「無茶じゃない、このくらいは何ともないわ」と言った。

「この付近で生まれ育っていれば、二、三キロは平気で泳ぐわ」

二人の間を七月の風が吹き抜けていった。理恵の髪はまだ濡れていて風には舞わない。淳は自分の頭に巻いていたタオルを理恵に放った。理恵はタオルを受け取り、鼻に持っていくと匂いを嗅いだ。

「汗臭い。淳君の匂いがする」

嬉しそうに言って胸に抱き締めた。淳の心臓はまた激しく脈打ちだした。

「おーい、お二人さん、飯だよ。熱いようだから水でもかけてやろうか」

敏之がはやし立てた。淳は理恵を促すと、足元を用心しながら浜辺への段差を駆け下り、皆が待っている釜戸のある場所に急いだ。段差を駆け下りる時、後ろに続いていた理恵が左腕をつかんできたので、腕を伸ばしてあげた。理恵は淳の後を追いながら段差を駆け下りたが、バランスを崩して淳の左腕に身体ごとしがみ付いた。

昨日の列車の中で理恵は気がつかなかったが、淳の上半身は見事だった。着痩せする人なのだと理恵は思った。理恵はしがみ付いた腕を離した。と、また淳が左手を伸ばしてきたので、右手を出して手をつないだ。この優しさが好きだと思った。淳は自分でも驚いていた。眠れないほど思っていた人が現れたのに、列車の時ほど狼狽しなかった。理恵の余りにも突然過ぎる出現のせいか、あるいは自然の太陽と風の中にいるせいだろうか。今は落ち着いて理恵を見つめていられる。列車の中では、まともに見ることもできなかった。

「遅れてごめん」

淳は皆に謝り、無造作に置かれた丸太に腰をかけると、理恵も左隣に当然のように腰かけた。

「淳、飯は炊いてあるけど、この子達のおかず、何か考えてくれないか」

敏之が嬉しいような困ったような複雑な顔をして言った。

「私はいらないわよ。突然来たんだから」理恵が言った。

「心配するなよ。ご馳走はできないけど、珍客のお腹をいっぱいにさせることぐらいはできるさ。

それにまた泳いで帰るんだから、食べて一休みしないと」

そう言うと淳は立ち上がり、全員から集めた食料を保管している朽ちたバンガローに向かった。理恵も付いてくるので、「休んでいたほうがいいのに」と言うと、「疲れていないから大丈夫。淳君と一緒にいたい」と言い指を絡めてきた。淳は理恵のしたいようにさせた。

バンガローに入ると、歩きながら考えていた材料を集めだした。米とジャガイモは念のために多めに持ってきていた。米はいざという時、換金できる。淳は鍋にジャガイモとワカメ、味噌、塩、銀紙のラップを放り込んだ。理恵がそれをおもしろそうにじっと見ていたので、淳は鍋を持ち上げて「俺、料理係だから」と言ってはにかんだ。理恵はそんな淳の仕草を見て可愛いと思った。理恵は淳のそばに寄ると、淳の唇をチュッと吸った。淳は理恵が突然寄ってきて唇を突き出したので、淳も反射的に鍋を両腕に抱えたままで、唇を突き出した。

淳は鍋を腕に抱え、仲間の元に戻った。理恵は後ろから淳の海パンの後ろに右手の人さし指を一本入れて続いた。何だか淳は、まるで理恵に調教されているかのように感じた。

「何を作るの？」

後ろから理恵が聞いてきた。人さし指はそのままで。

「ジャガイモをふかすのとワカメの味噌汁を作るだけ。腹をふくらますことはできるだろう。悪いけど、これしか材料がない」

「私達が来て迷惑だった？」

「いや、嬉しいよ。他のやつらは知らないけど」

淳は振り返って言ったので、理恵の人さし指は淳の海パンから仕方なく離れた。理恵はそれが残念そうであったが、淳の言葉は彼女を喜ばせた。淳は戻ると、幸一に、ジャガイモの皮をむいてくれるように頼んだが、「むかなくてもいいわ。海水でよく洗って、包丁で刻みを数本入れるだけで大丈夫よ」と理恵が言った。

「幸一、誰か連れていってきてくれ」淳は頼んだ。

「千代、幸一さんを手伝ってあげなさいよ」

機転を利かして理恵は言った。理恵はちゃんと観察していたのだ。

昨日の列車の時とは、カップルが変わっていた。孝と尚子は変わらない。今日子は本木と話している。敏之はそのほうがよかったのか、良子と話し込んでいた。幸一と千代が手持ち無沙汰のように見えた。理恵はそれを見て、淳が幸一を動かしたのを幸いに、千代を幸一に付けたのだ。二人は波打ち際まで行き、並んでジャガイモを楽しそうに洗っていた。すると、千代の楽しそうな悲鳴が聞こえた。全員がその声のほうを見ると、千代は波に襲われたのか、ずぶ濡れになっていた。幸一と千代は、洗って刻みを入れたジャガイモの鍋を二人して運んできた。淳は受け取ると、理恵と共同で銀紙のラップに包み、無造作に火の中へ投げ入れた。

いつの間にか、幸一がいなくなった。戻ってきた彼の手にはバスタオルが握られていた。幸一は持ってきたバスタオルを千代に渡すと、千代は恥かしそうに受け取り、小さな声で「ありがとう」と言った。この光景を淳と理恵はワカメの味噌汁を作りながら見ていた。二人は視線を合わせて微笑んだ。

味噌汁ができあがり、丸太で囲われた食堂に運んだ。理恵は相変わらず淳の後ろから、チャンスとばかりまた海パンの後ろのゴムバンドに人さし指を突っ込んで、引っ張られるように付いてきた。

淳は釜戸のある場所に着くと、本木に、今日子と二人で全員の飯をよそるように頼んだ。本木と今日子は「これは多い、こっちは少ない」と言いながら、嬉々として全員の飯を盛った。淳は昨晩煮た豚肉と漬物、味噌汁をそれぞれ盛りつけ、理恵に運んでもらった。朝の残りものの味噌汁は当然淳達が飲む。淳はジャガイモを包んだ銀紙の包みを、焚き火の中から棒でかき回しながらすべて取り出し、石ころの上に転がした。

「足りない人はジャガイモを食べてくれ」

そして、誰かが「乾杯しよう」と言った。幸一特製のお茶が配られ、孝が敏之に「やれよ」と言ったが、敏之は、今日は淳が活躍したから淳に「やれ」と促した。淳は人前で話すことは得意ではなかったが、コップを持ち立ち上がると、十八の瞳が淳を見上げた。

「皆がやれと言うので……」

理恵は淳の心臓の鼓動が聞こえてきそうで、自分まで息苦しくなってきた。苦しい呼吸の中で「淳、がんばれ」と祈った。

「俺はこの島に来て、本当によかったと思っています。恋路島に乾杯！」

淳は大きく叫ぶと、コップを持った右手を高く突き上げた。

全員立ち上がり、「恋路島に乾杯！」と右手を高く掲げた。何人かはお茶がコップからこぼれて顔にかかった。淳もそうだった。瞬間熱いと思ったけれど、すぐに忘れた。それほど高揚していた。乾杯が終わり腰を下ろすと、理恵が少し腰をずらしてそばに寄ってきた。豚肉を箸で摘み、口に運びながら辺りを見回すと、幸一と千代も並んで食べながら、何か話していて、千代の肩には幸一のバスタオルがかかっていた。

「何時に帰るの？」

淳は気になっていたことを理恵に聞いた。

「三時過ぎ。遅くても三時半には島を離れないと」

淳は時計を見た。十二時半を過ぎている。後三時間か……となぜか気がせいた。食事を終えた淳を、理恵は横目で確認すると、持っている自分の皿を置き、席を立って消えかかっている焚き火のほうへ歩いていった。そして、石の上に転がっているジャガイモの銀紙を素手でつかみ上げようとした。しかし、包みが熱かったのか、一度取り落とした。理恵は空いている皿に銀紙の包みを二つ載せ、淳の横に戻り、首をすくめると「淳君、食べて」と言ってジャガイモの載った皿を渡した。理恵のジャガイモ取りの儀式は、囲まれた舞台の中で行われているかのようだった。全員が四方から理恵の動きを注視していた。理恵もそれを意識していたせいか、銀紙が焼けて熱いことを忘れていたのだ。千代は幸一と並んで食べながら、理恵の動きを見て美しいと感じた。熱いと感じて銀紙の包みを落とす仕草も流れるようだった。その後の皿を取る仕草も、銀紙を皿に載せる動きも踊りを舞っているようだった。他の女の子達も思いが千代と同じなのか、理恵を除く四人の娘は、金縛りに合ったように動けなくなった。淳は銀紙を破りジャガイモにかじりついて、「うまい!」と声を上げた。

「うまいか」と敏之が大声で聞いてきたので、「うまいよ、皆、食べてみてよ」と淳はまた大声を出した。全員は淳の声に解放されたかのように、腰を上げ銀紙の包みを目指した。淳はジャガイモを二つ食べて一心地着いた。

「彼女達は、三時過ぎに帰るそうだから」

淳が言うと、男子の全員が時計を見た。一時を過ぎている。また気がせく。淳は幸一に手伝ってもらい、宴の片づけをしていると、当然のごとくと言うべきか、理恵と千代も手伝った。片づけが終わり丸太に並んで座ると、淳が「理恵さん、待っていて」と腰を上げようとするので、理恵は「淳君、どこに行くの？　私も一緒に行く」と淳の膝を押さえた。

「テントだよ。テントの中に取りに行きたいものがあったのを忘れていた」

「私も一緒に行く。島にいる間は離れないから」

淳もいいだろうと思い立ち上がると、理恵も立ちあがり指を絡めてきた。二、三歩テントのほうに歩きかけると、「淳、手をつないでどこに行く？」と孝が目ざとく見つけて、大声で尋ねてきた。

「テントに行ってすぐ戻ってくるから、心配するな」

「心配なんてしてない。仲がよすぎるから目につくだけだ」

「わかった。すぐ戻るから」

淳が言うと、理恵は絡めた指を放した。淳は頷くと一人でテントを目指し、引き返してきた。淳が緩い勾配の坂道を駆け下りてくるのが見えた。理恵はそれを眺めながら、所在無げに時折足元に視線を落として、足元の小石を蹴って戯れていた。淳は駆け下りてきて、理恵の前で止まると小さな箱を胸元に差し出した。差し出された箱を見て理恵は声を上げた。

「あら、食べなかったの？」

差し出された箱は、昨日列車の中で食べたポッキーの箱だった。

「ほとんど食べてないから」

「なぜ食べなかったの？」

「わからない。なぜか食べる気がしなかったから、とっておこうと思った。おかしい？」

「おかしい。淳君は食べ盛りなのに……座って二人で食べよう」

理恵はウフフと笑うと、淳の左腕に抱きついた。

「ねえ、淳君のこと、淳って呼んでいい？」

「うん、いいよ」

淳は少し照れながら答えた。

それから、高さが五十センチ、幅も五十センチくらいの石垣のところまで歩いていき、腰を下ろした。この石垣は、浜辺の石ころ群や波から島を守るための堤防なのだ。理恵も並んで座り、足をバタバタさせながら、ポッキーを一本取り出すと、淳の口元に持っていき「アーンして」と言った。

淳は照れくさかったけれど、理恵の好きなようにさせた。ポッキーの甘い味が口中に広がり、同時にさっきの、理恵の唇の感触が蘇った。思わず理恵の唇を盗み見ると、理恵はポッキーを一本口に含み、相変わらずブラブラさせている足元を見ていたが、淳の視線を感じたのか、右に首をひねった。理恵の髪が一斉に左に流れ落ちた。理恵はポッキーを口に含んだまま、眼で「なーに?」とでも尋ねるように、右手で耳の後ろの後れ毛をかき上げた。淳の心臓は激しく脈打ちだした。淳は理恵に見つめられたまま、自分の意志ではもう視線を逸らすことができなくなった。理恵はおもしろがってますます淳を見つめる。瞳が私をもっと見つめて、と語っている。淳はドキドキしながらも、「ポッキーちょうだい」とだけ、やっと言えた。理恵の目はポッキーの箱にいって、淳は彼女の強い視線から解放された。呪文から解かれたようだった。淳はポッキーを口に入れてもらいながら、理恵をできるだけ見ないように、自然に振る舞って海を見つめることにした。しかしそれは理恵が許さなかった。もっと恥かしいことになった。理恵は淳の両手を包むように握り、最初は引いて、次に押して、また引いた。淳と理恵は、上半身が向き合う体勢になった。淳は眼のやり場がなく視線を握られている手に移した。すると、

「淳、理恵を見て。どうして見ないの？」と詰問調で責められた。

「恥かしいんだ。さっきまではそうじゃなかったんだけど、何だか急に恥かしくなった。今は特に恥かしい」

「恥かしくないわよ。淳、私を見て」

淳は意を決すると、顔を上げた。理恵の小さな顔が眼の前にあった。

「怖いの？」理恵が言った。

「怖くなんかない。恥かしいだけだ」

「何で恥かしいの？」

「わからない。理恵さんとこうしていると、恥かしくなってくるんだ」

淳は本当に少し赤くなっていた。理恵はそれも楽しむように「淳、ほんとは理恵のこと嫌いなんじゃないの？」

淳は大きく眼を見開き、頭を振った。が、理恵は責め続けた。

「淳、口に出して言って」

淳は理恵を見つめた。理恵の瞳は大きく見開かれて、淳の言葉を瞬時も聞き逃すまいとしていた。

「理恵さん……」

「淳も、さんはやめて。理恵って呼んで」

「理恵、好き。大好き」

「………」

理恵の瞳に涙が溢れ、こぼれ落ちた。涙は理恵の膝に置かれていた淳の手の甲にも落ちた。温かかった。理恵を感じた。理恵は溢れ出る涙を拭こうともしなかった。淳は不思議な気持ちになり、唇を理恵のまぶたに押し当て、涙をすくい上げた。涙は不思議な味がした。甘露だった。もう一度まぶたに唇を当てた。理恵は淳の膝に崩れ落ちながら、「もう一度言って」とねだった。

「好き、理恵、大好きだよ」

理恵の肩が淳の膝の上で大きく波打っている。理恵の感情のたかまりは当分収まりそうもないので、そのままにしてやり、時折背中を軽く叩いてやった。しばらくして収まったのか顔を上げて、恥かしそうに笑い、「理恵も淳が大好き」と言って抱きついてきた。

淳が周りを見回すと、他のカップルも思い思いの方向に行っていて、二人は誰にも見られていなかった。

淳は理恵を石垣に沿ってそっと寝かせると覆い被さり、唇を重ねた。淳は、理恵の柔らかい胸を、裸の上半身で感じていた。理恵は淳のむき出しの背中に手を回した。淳は理恵の胸に顔を埋めると、理恵は左手で淳の頭を自分の胸に押さえ付け、右手は淳の背中に回したままにした。淳の両手は、理恵の顔や髪の毛に触ったりと、所在なげであった。淳はまた理恵の胸の谷間に鼻を埋めると、理恵の左手に力が入り少し呼吸が荒くなった。淳は右脇腹に痛みを感じたが我慢した。どこからか声が聞こえたので、二人は慌てて身体を離した。

理恵は呆然と座っていて、横にポッキーの箱が転がっていた。理恵の下敷きになっていたせいか、ぺちゃんこに潰れている。淳はその箱を取り上げると、半分に折れたポッキーを口に運び、もう半分を理恵に渡した。理恵は淳を見て微笑むと唇で挟んだ。

やがて、二人の男女が現れた。手をつないでいるので、誰だと思って見上げると、幸一と千代だった。

「幸一、うまくいっているようだな」淳が声をかけた。

「淳ほどじゃないよ」

「理恵先輩、また島へ渡っていらっしゃるのでしょう。その時は千代も誘ってください。お願いします」

理恵はちょっと困った顔をした。

「千代、私達が島に渡ってくるでしょう、そしてご馳走になると、島の食料は五人分減るのよ。島の五人は食べていけなくなるわ」

「そうか、そうですよね。皆の食べものがなくなってしまうわね」

「今日子達はどう言っていた？」

「また来たいと言ってました」

「淳、皆を集めてくれない？」

「帰る時間？」

「その前に、皆に言わなくちゃいけないわ」

淳は立ち上がり、食事をする場所に行くと大声を出して全員に集合をかけた。全員何事かと集まってきた。孝は時計を見て怪訝そうな目をした。淳も時計を見ると、三時にはまだ少し時間があった。淳は理恵に促され口を開いた。

「またこの島に来たい人？」

女の子達全員が手を上げた。

理恵を見ると、「私は表に出ませんから」とでも言いたげな表情をしていた。

「実は、皆さんが全員でおいでになると、ぼく達の食料が持ちません。ぼく達も魚を釣るなりして食料を確保しますが、水俣に戻ったらまた会えます。全員で島に来てもらうのは、あと一回にしてもらいたいんです」

皆、最初は顔を見合っていたが食料がなくなると聞かされてはどうしようもなかった。島でのパーティーは二日後の四日目。天気が悪く渡れなかったら、最後の日と決まった。淳は理恵に、自分達の羽織っていたものを預かって欲しいと頼まれた。淳は引き受けた。そうすれば、今度来た時、持ってこなくてもすむ。

「淳、明日食料を運んでくるわ」理恵は言った。

「無理するなよ」

「無理はしない。淳を飢え死にさせるわけにはいかないから」

「来るとしたら何時頃?」

「お昼頃かな。食事の用意はいらないわよ。淳は何が食べたいの、やっぱりお肉?」

淳は大きく頷いた。

「わかったわ。私に任せて」

この二人の会話を千代も聞いていた。理恵は皆に離島の時間が来たことを告げると、理恵はワンピースを脱いで淳に渡した。水着姿の理恵が現れた。淳は視線を逸らそうと思ったが、理恵の水着姿に釘付けになってしまった。特に豊かな胸に囚われてしまった。
理恵は淳に手を振ると背を向け、皆の最後に海に入り、波間に漂いながら見えなくなった。淳は心配になり高いところに移動すると、幸一も心配らしく付いてきた。彼女達が一列に見えた。まだ余り島から離れていない。淳は理恵だけを目で追い、幸一は千代だけを見つめた。彼女達は秩序を持って、しっかりと泳いでいたが、やがてその姿も見えなくなった。

淳は釜戸のある場所に戻ると、丸太の椅子に横になり中天を見上げた。
圧倒的な質感の白雲が覆い流れる中に、青空がところどころ顔を見せていた。顔を右に向けると、島の緑が眼にしみた。右脇腹が痛んだ。右手の中指を口に入れて唾を傷口に付けると、ピリリと沁みた。右腕をかざして見ると指先に血が付着していた。理恵はなぜ爪なんか立てたのだろうと考えているうちに寝入ってしまった。

不思議な夢を見た。大海原を理恵と二人きりで泳いでいる。今にも夕日が沈もうとしていて、辺り一面を黄金色に染めていた。急に先を行く理恵の姿が見えなくなった。声を出そうとしても出ない。海に潜ってみても見つからない。淳は夕日に向かって懸命に泳ぐが、夕日はなかなか海中に没しなかった。どのくらい泳いだのだろうか。身体の力が抜けていき、波間を漂う状態になった。もう駄目かもしれないと思った。

その時、波間に淳の身体を押し上げる者がいた。淳はその肩にしがみ付いた。イルカかと思ったが、振り向いた顔を見ると理恵だった。

眼を覚ますと夕焼けだった。周りを見回すと本木達が食事の準備をしていた。淳も起き上がり食事の仕度に加わった。孝と敏之は魚釣りに挑戦したが、失敗したと残念がっていた。淳はまだ行っていないが、島の右手は適当に岩が出ていて、岩伝いにかなり奥まで行けるらしかった。淳は灯台からの景色を思いだして納得した。孝達に言わせると、魚が見えているとのことであった。淳は、「それなら釣り上げるのではなく、突き刺せばいい」と言った。

とにかく明日は釣りに挑戦することになった。すっかり夕日が落ち、焚き火を囲みながらの夕食になった。そして、明日の魚刺しの相談をしながら食べ始めた時だった。

紅い回転灯を回しながら、警察のランチがやってきて職務質問を受けた。熊本市の自学館の生徒で、夏休みを利用して島に来ていることには納得してくれたが、一人一人の姓名と住所は調べられた。警察官は別れ際、「この付近に殺人犯が逃げてきている可能性があるので、注意をするように」と言って帰った。

「殺人犯だって……」敏之が声をひそめて言った。

「この島まで逃げてくるのかな」孝もおそるおそる言った。

「泳げれば来る可能性はあるな。俺達がいることは、この火が証明しているからな」

本木も言い出した。淳も来る可能性はゼロではないと感じた。五人は急に無口になり、それぞれ辺りを見渡した。敏之は立ち上がりシャドウボクシングを始め、孝は空手の蹴りをしだした。淳はただ二人を見ていた。本木と幸一は手頃な流木を見つけて、木刀を作り始めた。

五人は火を消し、その日は早々とテントに潜り込んだ。淳が夜中トイレに立つと、満天の星空だった。寝転んで、しばしその降り注いでくるような星屑に見入った。理恵の顔が星屑の中に浮かんだ。その時、何かの気配を感じて背筋がぞっとし、テントに転がり込んだ。


理恵は月ノ浦に着くと、早速、明日、島に運ぶものを買い出しに出かけた。千代も手伝わせてくださいとついてきて、「私も先輩と一緒に運びます」と申し出た。理恵は涙が出るほど嬉しく、千代を抱き締めた。豚肉、インスタントラーメン、ジャガイモ、チョコレートなどを多めに買い、女の子五人分のビーチサンダルもまとめて買った。サンダルのお金はあとでもらえばいい。家に帰り、肉は冷蔵庫に入れて、家族と夕食を済ませ、風呂にゆっくり入った。そういえば淳は風呂には入れないのだと、石鹸を泡立てながら思った。石鹸を流し、湯船に入り、もの思いに耽った。湯船の中で自分の乳房を見つめ、なぜ、あの時乱れてしまい、淳の脇腹に爪を立ててしまったのだろうと思った。理恵にとっても初めての経験なので、よくわからない。

風呂から上がり寝転がり天井を見ると、淳が浮かび上がり、あの時の感覚が甘酸っぱさと共に蘇った。大好きな人にキスされて、大好きな人が私の胸に顔を埋めている。

大好きな人……と、そう思った瞬間、我を忘れた。自分でも怖いと思う。この先、淳と付き合っていったら淳はどうなるのだろう？　傷だらけになってしまうのかしら。身体中、傷だらけの淳が浮かんだ。今日、上半身裸の淳を見ているから、想像できる。思わず声を出して笑った。

理恵は鏡台に行き、爪切りを取り出した。そして、指の爪から足の爪まですべてきれいに切った。

次の朝、五人はテントの中で朝早く眼を覚ました。だいたい日常とは違う空間では早く眼が覚めるものだが、殺人犯が潜んでいるかもしれないという恐怖は、生半可なものではない。

五人はそろって外に出た。島の空気が、淳には昨日までとは違って感じられた。他の四人も同じような感覚を持ったらしい。

淳が朝食を作るために、材料を置いてあるバンガローに行くと、何か雰囲気がおかしかった。荒らされてはいないが、明らかに缶詰類が減っている。淳は自分で管理していたのですぐわかった。淳は釜戸の場所に行くと全員を集め、このことを告げた。

「誰かいる。殺人犯かどうかわからないけれど、誰かいる」淳は告げた。

「どうする?」「逃げるか……」「いや、闘うさ」などと、皆口々に言い合った。

「淳はどうする?」敏之が聞いてきたので、「犯人かどうかまだわからない。でも、食料を奪われているのは事実だ。怖いけど闘うしかないな」と淳は答えた。

朝食を早めに済ませると、淳と敏之と孝は、適当な流木を拾ってきてナイフで削り、木刀にした。本木と幸一は昨日作っていたので、五本の木刀ができ上がった。

次に作るべきものは、魚を突くモリである。細めで長い流木を探し、流木に持ってきたナイフをロープで縛り付けた。刺してもすぐ抜けてしまうことはわかっていたが、これしかできない。モリは二つ作った。これ以上作る必要はない。魚を多く取っても、腐らせてしまうだけだ。

五人は島の右方向に移動し始めた。淳は岩場を次々と飛び、魚を刺しやすい場所を確保しようとした。その時、淳は前方を何かが逃げて先の岩場に隠れたように感じた。確認しようと思ったがやめて、淳は全員を眼で制し、二つばかり岩場を戻った。攻撃されてもいいように。なぜか恐怖は湧かなかった。淳は自信を持った。もし殺人犯だとしても自分のほうが俊敏だと確信した。相手のほうが俊敏なら、淳に影を見せることはない。

淳は幸一に見張りを頼み、魚を突くことに熱中した。瞬く間に、三十センチくらいの魚を二匹刺した。敏之が「うまいもんだね」と魚を引き揚げた。淳の目標は六匹。自分達五人と理恵の分だ。島の魚はすれていず、小一時間もしないうちに八匹刺した。淳も魚を捕るには捕ったが、さばくことはできないので、その役目は幸一に任された。幸一は実に器用だった。波打ち際に行くと内臓を素早く取り出し、三枚におろした。

「幸一、お前、嫁さんいらないな」淳は軽口を叩いた。

「淳まで、バカにするのか」振り向いた顔が怒っていた。

「幸一、怒るな、冗談だ」

淳は話しながらも辺りの空気を探ったが、何も感じなかった。時計を見る。理恵が来る時間だと思った。波打ち際のほうへ目をやると、頭が二つ、沖に見えた。二つだ。誰だろう？　一人は理恵とわかっている。眼を凝らしたが、先頭の子の頭が波間に浮かび上下するので、うまく確認できない。しかし淳はある確信を持って言った。

「幸一、千代さんが来ている」

「千代さんが？　どうしてだろう」

幸一は魚をさばき終わり、腰を上げて沖に手をかざした。その頃には前が千代で、後ろが理恵とはっきり確認できた。頭に布袋を括り付けている。

「今度、全員でやるパーティの食料を運んできたんだ」淳は言った。

「そのためにわざわざ泳いできたのか。感動ものだな」

事実、幸一は感動していた。彼はすぐ行動を起こした。海中に飛び込み、千代に向かって泳いだのだ。そして巧みにUターンすると、一緒に浜辺を目指した。淳はその姿を見て微笑み、「幸一も恋したか……」と呟いた。

幸一は腰くらいのところまで来ると、千代から荷物を受け取り、代わりに運んだ。そして波が来ないところまで辿り着くと、千代を抱え上げて回った。淳も腰ぐらいのところまで行って理恵を迎えた。理恵は顎紐を解いて袋を手に持つと、淳に渡して立ち上がった。理恵の豊かな胸が現れたが、もうどきまぎしなかった。淳は荷物を持ってやり、手をつないで釜戸まで歩いた。

「まさか、千代さんまで来るとは思わなかった」

「千代には助かったわ。けれど、あの子、幸一さんに夢中みたいね」

「いいじゃないか。幸一と千代さんは似合いだと思うよ」

「あの子、まだ一年生だから」

「二年、三年になったからいいというものでもないと思うよ。俺と理恵だって、理恵のほうが年上で、俺達の年齢からすると、おかしいのかも」

「淳、本当にそう思っているの？　私達の関係はおかしいって……」

「違うよ、理恵。俺が言いたかったのは惚れた腫れたに年は関係ないってこと。俺が年上の理恵を好きになるのを誰も止めることはできないし、理恵が年下の俺を好きになることも誰にも止められないよ」

「ごめんなさい。私のほうが間違ってたわ」

手をつないで釜戸を目指しながら、淳は「理恵はきれいで可愛いよ。大好きだよ」と耳元でささやいた。理恵が求めていたとはいえ、余りにもストレートな言葉に下を向き、小さな声で「私も淳が好き」とやっと答えた。

理恵と千代、二人の女神は拍手をもって迎えられた。

理恵は袋を開きながら、忘れものに気がついた。肉を冷蔵庫に置いたままだった。淳は、「いいよ、明日、また来る時で」と言った。理恵はせっかく淳を喜ばそうと思ったのにと、悔しがった。理恵と千代は昼食をとって帰っていった。理恵と千代はいらないと遠慮したのだが、魚を捕る目途がついたので食べていってほしいと言ったのだ。

二人は食事をして少し休んで帰った。島はまた静かになった。二人が帰った後、五人は魚を捕りに行った。魚がすれないうちに捕っておこうと淳が言ったためである。淳は岩場を身軽に飛び移りながら、魚を次々と刺した。刺して岩場に上げることができる魚もあったが、ほとんどは刺してそのままにしておく。すると、それを他の四人がすくい上げる。

瞬く間に三十四になったので、漁はこの辺で終わりにして全員でさばくことにした。これだけの量であるから幸一にだけやらせるのは酷であり、全員でやることにした。うまいへたは関係ない。

淳は、さばき終わると、空を見上げた。夕焼けが、夜が近いことを知らせていた。突然、本木が叫んだ。

「誰か泳いでくるぞ！」

淳はふと不安を感じて海を見た。途端に海に向かい、走り飛び込んだ。泳ぎながら、「理恵のバカ野郎、来なくてもいいものを」と思っていた。淳は理恵が肉を運んできたことを即座に理解した。淳に食べさせるために。淳は力任せに泳いだ。泳ぎながら心の中で、バカ野郎、と叫んでいた。何かあったらどうするのだ。泳ぎながら腹が立った。大きく緩やかな波が来て身体が持ち上げられるが、泳ぎの妨げにはならない。淳は平泳ぎに移行して前方を見た。

しかし、理恵は淳に気がつかないのか、抜き手を切って泳いでくる。淳は立ち泳ぎに移行して、理恵の来るのを待った。二人の身体はまた波に持ち上げられ、今度は大きく滑り落ちた。淳は波のブランコに乗った気がした。理恵が近づいてきて、気がつかず通り過ぎたので声をかけた。それでも気がつかない。大きな声で理恵を呼んだ。今度は聞こえたのか、水に入れた右腕を流し、背泳ぎに移行して淳のほうを見た。

そして、やっと淳に気がつくと、不思議そうな顔をした。淳は抜き手を切り、理恵に近づきながら「何で来た?」と叱った。理恵はそれには答えず、「ありがとう」と言った。理恵の顔を見たとたん、淳の気持ちは喜びに変わっていた。淳は背泳ぎで泳いでいる理恵に追いつきながら、「無茶するなよ」と言った。

「無茶じゃない。淳のために泳いできたのよ」

「理恵に何かあったら俺はどうする」

理恵はその言葉に大きく眼を開いた。そして向き直ると、何も言わず島を目指して抜き手を切って泳ぎだした。淳も抜き手を切り理恵に追いつき、追い越し、右手を流して背泳ぎになって理恵の前に回った。理恵は泣いていた。海水で濡れてはいたが、明らかに泣いていることはわかった。理恵は淳に見つめられると、「バカ」と言い、背泳ぎの淳の横を抜き手ですり抜けた。淳も反転し、追いかけた。

「何でバカなんだよ」

「バカだから、バカなの」理恵は言い、ストロークを上げて波を切った。

「何でバカなんだよ」淳は追いつき、また聞いた。

「バカだから、バカなの」同じことを言い、理恵は顔を海面に浸け全力で泳ぎだした。

こうなると淳も追いつけない。全力で追ったが、理恵との距離は瞬く間に離れていった。さすが水泳部と妙に感心した。理恵は海水が腰を浸す辺りまで泳ぐと、泳ぐのをやめて立ち止まっていた。淳はようやく追いつき、少し手前で泳ぐのをやめ、立ち上がって理恵の後ろ姿を見つめた。理恵は両手を海中に下げたまま肩を震わせていた。淳は後ろから理恵の肩を抱き、「泣くなよ」とささやいた。理恵は身体を反転させると、「バカ」と言いながら淳の胸に飛び込んできた。淳は左腕を理恵の腰に回し、右手で軽く理恵の背を叩いてやると、「バカ、バカ、バカ」と理恵は言い、肩の揺れがなお激しくなった。その時、沖からの大波が二人を襲った。二人は抱き合ったまま、波に持ち上げられ島に近づいた。波が引いた後、海水は膝の下までしかなかった。

「淳、そんなところで見せつけるな」

孝の声が聞こえた瞬間、理恵は飛びのいた。淳も大声で「悪い、今行く」と叫んだ。

淳は皆が待っているところを目指すと、理恵は右手の人さし指を淳の海パンのバンドに差し入れる得意のスタイルで付いてきた。淳は理恵が来た状況を説明した。他の四人も、「明日でよかったのに」とそれぞれ言ってくれた。理恵は、「すぐ引き返す」と言ったが、淳は止めた。いくら泳ぎが達者でも休まずに帰ったのでは、もたない。そう言うと、食事をして少し休んでから帰ることに理恵も同意したので、淳は理恵にバスタオルをかけてやり、理恵の持ってきた肉の加工に取りかかった。休めと言っているのに理恵はまた付いてきて手伝った。豚肉をやや厚めに切り、塩コショウをして火に通した。明日までもてばいい。

「理恵、休まなくていいのか」

「私は大丈夫。淳こそ休んだほうがいいんじゃないの?」

「俺は、平気さ」

釜戸で魚の焼ける匂いがしてきた。魚を焼く役は、敏之が買ってでた。

魚の半身を枝に差し、火にあぶりながら器用に焼いていた。十二枚焼き上げると、二枚ずつ皿に載せた。飯は既に炊けていて、本木が皿によそった。味噌汁は昼の残り。淳は定位置の丸太に腰をかけると、理恵も定位置の淳の左に腰をかけた。五人と理恵は今日捕ったばかりの魚を食べた。意外とおいしい。新鮮なせいかもしれない。食べ終わり、食器を片づけていると理恵がお腹が痛いと言いだした。淳は魚にでも当たったのかと心配になり、「どう痛いの？　正露丸飲むか」と聞いた。

「うん、それとティッシュない？」恥かしそうにうつむきながら言った。

「腹が冷えたんだよ、三度も海を渡っているから」

淳は言い、テントに走ってティッシュを取って戻ってくると理恵に渡した。「来ないで」と言いながら理恵はティッシュを持って立ち上がった。

「理恵、この島、俺達以外にも誰かいるみたいなんだ。俺も一緒に行く」

「いやだ、恥かしい」

「バカ、そばで周りを監視するだけだ」

「ほんとにそれだけよ」

「当たり前だ、俺のほうが恥かしくなってくる」

淳はテントの付近へ案内した。この付近が一番警備がしやすく、何をするにも便利な場所であった。理恵はティッシュを持ち、灌木の中に駆け込んだ。淳は辺りに眼を配った。しかし人の気配は感じられなかった。背丈ほどもある棒を大地に突き立て、理恵の出てくるのを待った。しばらくして理恵が出てきて、淳のその姿を観ると「怖い」と言った。

淳のその立ち姿は夕日に赤く染まり、まるで仁王のようにも見えた。淳が力を抜くと「ありがとう」と理恵が駆け寄ってきて言った。ティッシュをテントの中に放り込み、釜戸の場所に戻ると、幸一が気を利かせて、特製のお茶を用意して待っていた。理恵は背中を丸めておいしそうに啜った。淳はその姿を見て心配になり、「理恵、送っていく」と言った。

「送るって」

「向こう岸まで送っていく。心配だから」

「淳、泳げるの？　送ってくれるのは嬉しいけれど、また戻ってこなくてはいけないのよ。それに途中に潮の流れもあるし、大丈夫なの？」

「大丈夫さ、このくらいの距離なら簡単に往復できるさ」

「かえって私のほうが心配だわ。泳いだ人でないとわからないと思うけど、途中五百メートルくらいの潮の流れをきちんと泳がないと流されるわよ」

「理恵だって泳いできたのだから、俺にも泳げるさ」

「それは、できたら私だって嬉しいけど」

「送っていくよ。海でデートしよう」

「海でのデート。ロマンチックな響きね。心配だけど」

「心配するなよ。大丈夫だって」

淳は腰を上げて仲間のほうに歩いていき、理恵を送っていくことを告げると、幸一が心配そうに、「淳、お前そんなに泳ぎがうまかったのか?」と聞いてきた。

「このくらいの距離なら往復できるよ」淳は答えた。

「淳、やめといたほうがいいんじゃないか。これから暗くなるし」本木も心配していた。

孝も、敏之も口々に「やめろ」と言った。

「淳、皆もああ言っているから、やめたほうがいいんじゃないの?」

理恵までそう言い出した。

「皆、悪いけど、とにかく理恵を送っていくから」

淳は立ち上がった。理恵も仕方なく続いて立ち上がり、得意の行動に出た。右の人さし指を淳のパンツのゴムに引っかけて、後から続いた。二人は前後に歩き波打際まで行き、立ち止まり、今から渡る海を並んで見つめた。球磨の山々が赤く光っていた。海は鏡のように静まり返り、山々からの照り返しで赤く輝いていた。

「淳、夕凪で風がないから今渡ろう。私が先に行くから淳は付いてきて」

理恵は泳ぎだした。淳も後に続き泳ぎだした。二人が泳いだ後に、鏡のような水面に波紋ができる。理恵は幸せな気持ちになった。淳と二人きりで泳いでいる。他には誰もいない。淳と二人きり。背泳ぎになり淳を見ると、淳は平泳ぎをしながら微笑んだ。理恵も引き込まれて微笑む。理恵は背泳ぎをしながら、自分と淳の作る波紋に目をとめた。波紋は扇のように流れ広がり、山からの照り返しに金色に輝き踊り、光のクルスが波紋に沿って小魚のように飛び跳ねて、キラキラと輝いていた。

「まあ、きれい。淳も背泳ぎして」

淳は言われる通り、背泳ぎに変えて泳いだが、すぐには「きれい」の意味がわからなかった。

「淳、波紋を見て。とってもきれいだから」

二人の描く波紋は遠くまで流れ、島を包もうとしている闇の中で光の帯を作り、小さく飛び跳ねた。二人はしばらく背泳ぎで泳ぎながら、夕日のプレゼントを楽しんだ。淳は泳ぎをクロールに変えると理恵を追い越して、また背泳ぎに変えて、「理恵おいで」と叫んだ。

理恵は抜き手を切って淳に追いつくと、淳は右手を理恵に差し出した。理恵は一瞬、躊躇したが淳の腕に両手を預けた。淳は勢いよく理恵の両手を引っ張ると、理恵の頭は淳にぶつかりそうになった。淳は理恵の頭を左手で制した。寸前で理恵の頭は止められた。手を使えないのと、理恵の重みで淳の頭は沈みそうになった。それを今度は理恵が両手でかき起こす。淳は元の背泳ぎの姿勢に戻り、「理恵、俺の肩に両手を置いて」と言った。

理恵は言われるままに、淳の肩に両手を置きつかんだ。淳の顔のすぐ近くに理恵の顔があった。

「淳、きつくない？」

「大丈夫。理恵の顔を見ながら泳いだほうが疲れない」

淳の言葉が終わるや否や、理恵の顔が近づき、淳に唇を押し当ててきた。淳も沈まないように大きく手を広げてかきながら、理恵の唇を吸った。理恵は小さく頭を離しては近寄ってきて、淳に唇を押し当てる。その動作を何度も繰り返した。淳は理恵が近づいてくる度に、理恵の豊かな胸の柔らかみを感じた。キスもよいがその柔らかさもよかった。それは近づく時は滑らかに、離れる時は淳の胸に逆らいながら弾んだ。

「淳、楽しい。送ってきてくれてよかった」

「そうだろう。送ってよかっただろう」

「淳、背泳ぎやめて、ちゃんと泳いで。潮の流れにそろそろ入るから」

理恵は、淳の先に出て泳ぎだした。淳は気を引き締めて、正面を向き、抜き手を切った。球磨の山々の頂だけが赤く輝いていて日没が近いことを知らせていた。

「淳、流れに入るわよ」

理恵が叫んだ。叫んだ理恵の頭が少し左に流れた。淳も気を引き締めて流れに入った。流れは明神崎に向かっていた。理恵は巧みに抜き手を切って泳いだ。淳は後ろから理恵の泳ぐ姿を見ながら、さすが水泳部、きれいな泳ぎだと感心した。二人は縦列になり無言で泳いだ。

十分を少し過ぎた頃だろうか、理恵は背泳ぎに変わって、淳を見て「乗り切ったから遊ぼう」と腕を伸ばしてきた。淳は理恵の腕に跳びつきながらも、理恵が沈まないように気を付けて泳いだ。淳は大きく足を広げて海水を蹴りながら浮力をつけると、理恵は細かくバタ足をしながら、上体を浮かして淳を見つめた。淳も理恵を見つめた。理恵の瞳が最後の夕日の照り返しを写し、輝いていた。淳はその瞳に吸い込まれるように理恵に近づき、思わず抱き締め唇を吸った。二人の身体は踊るように回転しながら、海中に落ちていった。それでも二人は離れない。二人にとって海中だろうがどこであろうが関係ない。いや海中こそが、人目を避けられる絶好の場所であった。

淳はまた思い切り理恵を抱き締めた。淳は理恵の丸みのある身体を全身で感じていた。理恵も唇を放さず、淳の背中に腕を回して力を込めた。理恵はこのまま、奈落の底まで落ちてもいいと感じた。感じた瞬間、淳の背中に爪を立てた。昨晩、爪を切ったので淳の肉にまでは食い込まなかったが、皮膚をはいだ。淳の背中に痛みが走った。でも淳は耐えた。淳は抱き合いながらも、理恵を抱えて足を大きく開くと海水を蹴った。

理恵は抱かれたまま動かず、淳に任せた。抱き合った二人は上昇し、海水面に腰ぐらいまで飛び出し、離れた。それはあたかもイルカのショウのようでもあった。理恵は逃げるように岸辺を目指して泳ぐと、淳も追って理恵の背中に覆い被さった。と、理恵はくるりと向き直り、淳に抱きつき、腕を背中に回して淳の唇を求めてきた。淳は、また海中に沈み落ちながらも理恵の唇を吸い、理恵の柔らかな身体を抱き締め離さなかった。

理恵はまた淳の背中に爪を立てた。海の中で戯れ続ける二人に、何か大きな魚が近づいてきて接触した。驚いて離れ、海上に浮かび上がってよく見ると、それはイルカだった。数頭のイルカが群れていた。

「淳、見て、イルカよ」

イルカは次々と海上に飛び跳ねた。二人は波に揺られながら、イルカのショウに見入った。

「この辺にはイルカがいるの？」

「結構いるわよ」

「何で来たんだろう？」

「私達が楽しそうに遊んでいたせいかしら」

理恵は笑った。そして、

「淳、そろそろ着くわ」

と理恵は言ったので、淳が岸のほうを見るとかなり岸が近づいていた。淳は寂しくなった。その思いは理恵のほうが強かったようで、最後とばかり淳に抱き付いてきた。淳もしっかり抱き止めた。二人はまた海中に落ちていく。その二人にイルカが仲間に入れてとばかり、じゃれ寄り、嘴で淳のお尻を突っついた。知らない振りをして抱き合っていると、今度は理恵の後ろに回り込み、理恵の背中を二度突っついた。二人が離れて海面に上がると、イルカも一緒についてくる。二人が海面に顔を出す以前に、海上にジャンプして二人の周りを泳いだ。淳はイルカがそばに来て頭を海面から出したので、なでてやった。イルカは嬉しそうに「キュッ」と鳴いた。理恵が足をバタバタさせイルカを誘うと、イルカは理恵のほうに泳いでいった。理恵もイルカの頭をなでてやると、イルカはまた嬉しそうに鳴いた。どんどん岸が近づいてきた。やがてイルカは反転して、沖を目指して離れていった。

「淳、楽しかった。このまま、着かなければいいのに」

「俺もそう思うけど、また明日会えるから」

「そうね、少しの辛抱ね」

「そうだよ、少しの辛抱だ」

立ち上がると、海面の深さは淳の腰ぐらいだった。

「淳、岸に上がって少し休んでいったほうがいいわ」

「大丈夫だよ」

「ダメ、休んでいって。水に浸かりっ放しだと、自分で思っている以上に体力を消耗しているものよ」

淳も水の中のことはわからないので、理恵の忠告に従わざるを得ない。

淳は理恵に手を引かれて岸辺に上がると、言われるままに引き揚げられた小船の陰に座った。理恵は淳に「待っていて」と言い、どこかへ去り、すぐに袋を抱えて帰ってきた。袋の中には衣服が入っているらしかった。理恵は袋の中をかき回して、チョコレートを取り出した。

「淳、これを食べて栄養をつけて帰って」

淳は渡されたチョコレートの包み紙を破った。チョコレートを齧る淳の身体を、理恵は袋からバスタオルを取りだし拭き始めた。

「また泳ぐからいいよ」

「できるだけ体温を逃さないようにしないと」

理恵は淳の背中の水分を拭き取ると、今度は前に回って淳のお腹から胸へ腕を伸ばしてきた。淳の眼の前を理恵の頭が揺れていた。理恵の髪の匂いが誘うように、淳の煩悩を刺激した。淳は我を忘れて、理恵をその場に押し倒すと激しく唇を吸った。と、理恵は頭を左右に振った。理恵は淳の身体から逃げようとするので、淳は逃がすまいと理恵の肩を押さえた。理恵の柔らかい胸は淳の重みで押し潰されそうになった。

淳は予想以上の抵抗に合い、唇を離すと理恵を見つめた。

「淳、ダメ、今はダメ。淳のお嫁さんになってから」

と喘ぐように言った。淳は理恵を見つめた。理恵の眼からは、涙がこぼれ落ちていた。

「理恵、ごめん、俺が悪かった。嫌いにならないでくれ」

横たわっている理恵に背を向け、膝を抱いて、半分残っていたチョコレートを拾い上げ口に入れた。理恵は上体を起こすと背後から淳の背中に抱き付き、激しく声をあげて泣いた。

「ごめん理恵、俺が悪かった。そんなに泣くなよ」

淳は優しく言った。理恵にとってはその優しさがかえって辛く、淳の背中を抱き締め、さらに身体を震わせながら泣いた。

「淳、嫌いにならないで……」

「嫌いになんかならないよ、好きだ。大好きだよ、理恵」

「ほんとに？」

理恵の泣き声が少し収まった。

淳は左肩をずらし、理恵の唇を軽く吸って「ほんとだよ。理恵、大好き」と言った。

「私も淳が大好き」

「理恵、俺のお嫁さんになってくれるのか」

「私をもらってくれるの？」

「うん」

理恵の瞳から再び涙が溢れ出た。理恵の涙はまぶたで一度溜まり、そしてこぼれて、淳の背中に落ちて流れた。淳は理恵の温かさを感じて、幸せな気分になった。

「理恵、俺はまだ高校二年だ。大学まで数えると後六年、就職をして一年、結婚できるまでに最短でも七年はかかると思う。その時理恵は二十四、五歳。待てる？」

「待つわ、何年でも。淳のお嫁さんになれるのなら」

「理恵は来年社会人になるんだろう。そうしたら、俺より素敵な男性が理恵の前に現れると思うけどな……」

「私は来年、熊本のデパートに就職するけど、淳より素敵な男性はいないわ」

「熊本のデパートって、ここから通うの？」

「ここからでは無理よ。熊本の親戚の家から通うわ」

「だから、先日熊本に遊びに行ったのか」

「うん。そればかりじゃないけど」

「理恵が熊本のデパートで勤めだしたら、すぐ会えるから嬉しいけど心配だな」

「何が心配なの？」

「理恵は必ず言い寄られるよ。俺が保証する」

「心配しないで、淳。私は淳が思うほど、もてないし、淳が思っているような女じゃないわ。信じて」

「理恵……待っていてくれる？」

「淳を信じて待つわ。淳こそ大学に行ったら、年下の彼女を作るんじゃないの？」

「理恵、俺も理恵が思うほどもてないし、理恵と付き合っていながら、他に彼女を作るような器用な男じゃない。それだけは言える」

「そうかしら？　淳は、もてると思うわ。もてててもいいけれど、特定の彼女は作らないで。作ったら承知しないから」

「その言葉、そっくり理恵に返しとく」

「淳、もう島に戻ったほうがいいわ。日もすっかり落ちてしまったし、波も少し出てきたみたいだから」

　恋路島は満天の星屑の下に黒々と横たわっていた。

「淳、それとも理恵の家に泊まる？」

「どうやって、俺が理恵の家に泊まれるんだい？」

「その辺は考えるわ。泊まる？」

　理恵は自分の思いつきに瞳を輝かした。でも、淳は躊躇せずきっぱりと、「島へ帰る」と言った。島では仲間が待っている。早く帰らないと心配させる。淳は波打ち際まで歩いていって、振り返り右手を上げ、「また明日！」と言った。

　理恵も右手を上げて、

「また明日！　淳、途中の潮の流れはしっかり泳いでよ」と念を押した。

淳は、「うん」と大きく頷き、理恵に背を向けて星空を見上げた。星達はダイヤモンドのように光り輝き瞬いていた。淳はもう一度振り返った。理恵もまだ小船の陰に立っていて、右手を上げて大きく振った。淳も右手を上げ理恵に答えながら、そのまま上体をひねり、海水に飛び込んで抜き手を切った。

淳の眼前、遠くに恋路島が黒く浮かんでいた。淳はもう振り返らない。仲間の元に急ごうと思うが、焦らず平均したペースで泳いだ。理恵に爪を立てられた背中の傷がピリリと痛んだが、いい気付け薬だと思うことにした。

海面が大きくうねりだした。淳は大きなうねりにもてあそばれるようにして泳いだ。時折、大きく持ち上げられ、大きく滑り落ちた。滑り落ちる度に、島は見えなくなり、辺りは海面のみとなった。少し疲れてきた。昨日、今日とよく寝ていないし、さっき理恵と遊び過ぎた。さすがの淳の若い身体も島にきてからの労働と睡眠不足のため、限界に近づいていた。淳は波に持ち上げられると、恋路島がさっきより近く見え、仲間が呼んでいるような気がした。

その時、潮の流れに入って、身体が大きく右に流された。淳は気を引き締めて、確実に水をつかみ泳いだ。潮の流れの中程まで来た時、左足が攣《つ》り、右に大きく流された。流されながら、海中に潜り左足を両手で抱え、足の親指を手前に引いた。少し直った。海面に浮き上がるとかなり流されていた。

気を持ち直して、顔を海面に浸けクロールに移り、両腕で水を捉えバタ足で推進力を出そうとした。今度は激痛が走り、左足の脹脛《ふくらはぎ》が痙攣した。また海中に潜ると、両手で左足の親指を引っ張り、脹脛を揉んだ。海面に浮上すると恋路島の島影が違って見えて、相当流されたことがわかった。淳は無理をせずに平泳ぎに移行したが、余り足を使えない平泳ぎでは流れを乗り切るのは無理であった。仕方なく抜き手を切り、余り足を使わずに上体だけで乗り切ることにした。島は確実に近づいてきた。淳は気力を振り絞り、島を目指した。


理恵は淳を送り出した月ノ浦にまだ立っていた。

着替えはしたが、なぜか心配で海から離れられない。だんだん小さくなっていく頭を見ながら、淳の体力なら大丈夫だと思った。そして、厚い胸板を思い出し、少しドキドキした。淳の姿は星空の下、すぐに闇に紛れた。しかし理恵は心細くなり、砂浜に腰を下ろして星空を見上げた。そして恋路島の島影に手を合わせて祈った。理恵は淳が辿り着くであろう時間まで、ここにいて祈ろうと思った。

「神様、淳が無事辿り着きますように。そして淳と一日も早く一緒になれますように」

頼み過ぎるのも虫が良過ぎると思ったが、とにかく祈った。理恵は流れ星にも祈った。何にでも祈り、すがりたい気持ちになっていた。三十分くらい過ぎると不安が増してきた。なぜだかわからないが、無性に胸騒ぎがした。いてもたってもいられず、その場に立ち上がって、波打ち際まで走った。そして力なくまた小船の陰まで戻り、膝を抱えて座り込み泣いた。理恵は泣きながら思った、もし淳が溺れているのなら私がイルカになって助けてあげたいと。理恵は掌を合わせて、また恋路島に向かって祈った。

「イルカさん、淳を助けてあげて！　淳を助けて」

淳は流れをやっと乗り切ったと思った瞬間、身体中の力が抜けていくのを感じた。腕も上がらなくなってきた。淳は仕方なく、背泳ぎになり星空を見上げた。眼前を明神崎が流れていく。不知火海に出てしまったようだ。

「理恵、もう泳げない。お別れかも……」

星空に呟くが、不思議と怖くはなかった。不思議な安らぎが淳を包んでいた。静かに眼を閉じると、心地よさが身体の自由を奪っていった。淳は吸い込まれるように眠りに落ちた。

「淳、寝ちゃダメ」

耳元で叫ぶ声がして、淳の身体は海上に持ち上げられた。淳は海上に頭を出して見回すと、何頭ものイルカが淳のすぐそばを飛び跳ねながら泳ぎ回っていた。

さっき聞こえた声は、確かに理恵の声だと感じた。そうだ、理恵のためにもあきらめずにがんばらなければと思った。あきらめるのはまだ早い。イルカの一頭が淳に近づき、脇腹をチョンと嘴で突ついた。淳はそのイルカの頭をなでてやると、イルカは「キュッ」と嬉しそうに鳴いた。淳は少し愉快になり、元気が出てきた。淳はもう一度イルカの頭をなでた。

そして、恋路島に抜き手を切った。イルカの群れは淳の周りを喜んで遊んで跳ねているように見えた。そのうちの一頭が、淳に近づいてきた。淳は近づいてきたイルカの背びれにつかまった。淳を乗せたイルカは、海水を切り島に向かった。周辺には無数のイルカの群れがいて、一緒に島に向かっていた。

淳は昨日の夢を思い出した。このことだったのかと思った。淳を乗せたイルカの顔に理恵の顔がだぶって見えた。

一方、月ノ浦で祈っている理恵は、急に気分が楽になったように感じた。そして確信した。淳は大丈夫だと。安心した理恵は、自転車に乗り、家を目指した。家に入ると母親が心配して聞いてきた。

「こんなに遅くまでどこに行っていたの？」

「持久力をつけるため、恋路島まで二往復してきた」

「ご飯は？」

「お風呂から上がったら、食べる」

理恵は島で夕食は食べたが、今は空腹を感じていた。風呂に入り髪と身体を洗い、湯船に浸かりながら、淳のことを思った。思うと切なくなった。なせだか、涙がこぼれた。

今すぐ会いに行きたいと思った。理恵は風呂場を出ると、食事を取らず自分の部屋にこもった。母親が、「食事は？」と聞いてきたが、食欲はなくなっていたので、「いらない」と答えた。食事よりも自分の部屋にこもって淳との思いに浸りたいと感じた。

母親が心配して紅茶とショートケーキを持ってきた。理恵はケーキを食べながら、淳に食べさせたいと思った。しかし島へは持って行けない。島から帰ってきたら、淳と駅の近くの喫茶店で食べようと思うことで心を落ち着かせた。理恵は時計を見た。九時を既に回っていたが、今日子に電話をかけた。

「今日子、お願いがあるの、心配なことがあって、私、明日朝一番でひとりで先に島に行きたいの。お願いというのは、女の子達をあなたが先導して連れてきて欲しいの」

「先輩、何かあったんですか?」

「ちょっとね、明日会った時に話すわ」

「わかりました。明日は私が先導して島に行きます」

理恵は明日、日の出と一緒に島を目指そうと思った。布団に入り目を閉じると、すぐ淳の顔が浮かんだ。淳、眠れなくなるから出てこないでと心に思ったが、淳は遠慮なく理恵の脳裏に浮かび上がってくるのだった。淳の唇の感覚が思い起こされ眼を開けて、淳、いい加減にしてと思う。

「俺のせいじゃないよ」、淳の声が聞こえたような気がした。

淳、明日会いましょう、と呟いた。淳に抱き締められているような気がした。優しく抱き締められながら、理恵は深い眠りに落ちていった。

淳はイルカに乗り、島に近づいていた。イルカは、島が近くなると海中に次々と潜って、淳は海上に押し上げられた。その勢いで泳いだ。また足が攣ったので海中に潜り足の親指を強く引っ張った。潜った時、海底が見えた。我慢して少し泳ぎ足が着くか試してみると、足が着き、水は胸までの深さだった。淳は左足をかばいつつ、波打ち際を目指した。水面は、腰、膝、足首と徐々に浅くなり、やっとの思いで自分の足で島に立つことができた。

振り返り海を見ると、イルカ達がまだ競演を繰り広げていた。淳は礼をいうように右腕を上げた。そのまま、島を右に回り、テントを目指そうと思ったが、体力の衰えはそれを許さない。淳は先日見つけた風穴に転がり込んだ。その風穴は深くはなかったが、身体を横たえると風は頭の上を通り過ぎ、身体の体温を守ってくれた。淳は身体を横たえた。石が背中を刺激して痛かったが、すぐ眠りに落ちた。途中、人の気配を感じたが、眼を開けることはもうできなかった。いつしか、人の気配も消えた。

理恵はまだ薄暗いうちに布団から出てシャワーを浴びた。身が引き締まり心地よかった。大きなチョコレート二枚とジャガイモを水に濡れないようにビニールの袋に入れた。ガムテープで止め、さらにビニールの袋に入れ、ガムテープで止め、布袋に入れた。

理恵は家族を起こさぬように家を出て、月ノ浦を目指した。

ペダルを漕ぎながら、理恵は朝の清々しい空気を感じていた。十分ほどで月ノ浦に着くと、理恵はこの前親しくなったばかりの漁師の小屋で水着に着替え、布袋を頭に載せて紐をたらして顎に縛り付けた。浜辺を目指して歩きながら振り返り、球磨の山並みを見上げた。陽はまだ昇っていない。山々の頂をシルエットにして、陽光の束を扇のように天空に広げていた。

島を見ると、島はまだ薄闇の中に寝静まっていた。理恵は一度きちんと振り返り、この光景に手を合わせて祈った。祈り終えると、海面に向き直って歩き、海に足を入れた。腰の辺まで来たところで、海底を勢いよく蹴って泳ぎだした。理恵は平均したペースで泳ぎながら思った。

何回往復したのだろう？　一昨日、一回。昨日、二回。今日を入れると四回目。自分でもおかしくなる。それほど好きということか。そう、それほど好きなのだから仕方がない。

しかし普通は男のほうから通うのに……と、理恵は思わない。理恵の若い身体と情熱はそうは考えなかった。会いたい、だから自分から会いにいくだけだ。その行動に何の疑いも感じない。

潮の流れに入り、少し右に流された。理恵は思った。もし昨日、淳が流されたとしたら明神崎方面に流されたのだろうと。理恵はピッチを上げながら、淳がテントで寝ていてくれることを願った。しかし、もしテントにいなかったら、探す方面をしっかり確認した。明神崎方面の海岸。理恵は確信していた。淳はどこかで生きてはいる。だから私はここにいることができる。淳に何かがあったら、理恵も生きてはいけない。

そのことは昨日の晩、月ノ浦の浜辺で、砂浜に座りながら涙の中で確認した。理恵は流れを乗り切り、島を見た。陽は球磨の山々の頂に達したのか、陽光の扇の矢を幾重にも束にして降り注いでいた。球磨の峰々から発された陽光は、恋路島へも虹色の光の束をプレゼントしていた。

理恵は泳げるぎりぎりの水位まで泳いだ。水中は歩くよりも泳いだほうが速い。膝が底を擦ったので泳ぐのをやめ、立ち上がると、膝の下までしか海水はなかった。理恵は顎の紐を解き、布袋を手に持つと走り出した。釜戸や並んで座った丸太を越え、島を守る護岸になっている石垣に飛び乗り、テントを目指した。灌木をかき分けると、すぐテントがあった。理恵はテントに入ろうとして少したためらったが、意を決してテントの入り口を叩いて言った。

「理恵です」

「理恵？　何で……」

幸一が入り口の紐を解き、顔を出した。

「淳はいます？」

「昨日から帰ってきていない。理恵さんの家に泊まったのかと皆で話していたんだ」

理恵は、いないということを幸一から聞くと、もう後の言葉は聞かずに荷物を放り投げテントを離れ、明神崎方面の海岸を目指して走った。不安は的中したが、生きているとの確認はなぜかあった。幸一は理恵のただならぬ様子に全員を叩き起こし、理恵の後を追った。

幸一達が石垣を飛び越え、理恵を探すと理恵は既に左に突き出している大岩に登りつめようとしていた。幸一達もすぐ大岩の下まで走り、追いついた。理恵は登り切り、「じゅーん！」と二度、大きな声で叫んだ。

叫び終わるとロープを辿って反対側に下りた。明神崎が眼前にあったが、理恵の眼には入らない。理恵は、「淳！」と叫んで走り続けた。

淳は理恵の声で眼が覚めた。「淳！」と自分を呼ぶ声が、耳に微かに残っている。記憶が蘇ってきた。理恵との海中デート、月ノ浦でのキス、帰りに潮に流されたこと、そしてイルカ。

理恵の声だと思った瞬間、眼が覚めた。

「淳！」と、はっきり聞こえたので立ち上がり、返事しようとした。

と、その時、淳の眼前を、ナイフを持った男が左から右へ通り過ぎた。通り過ぎた男は、風穴の奥にいた淳が立ち上がっていたのに気がつかなかった。淳は思わず息を呑んだ。

「キャー」

理恵の悲鳴が上がった。

理恵は叫びながら走った。走る方向から黒い塊が走ってくるのが見えたが、理恵は瞬間に淳ではないと判断したのだ。身の危険を感じて逃げたが、追ってきた男に右腕をつかまれた。男はナイフを持っていた。幸一、敏之、孝、本木はこの光景に立ち止まり、各々に身構えた。

「おとなしくしろ」

理恵の右腕をつかんだまま、皆に男が凄んだ。ナイフは理恵の脇腹に突き付けられている。

「その子をどうするつもりだ」幸一が叫ぶと、「ヘッヘッヘ」と男は下卑た笑いを浮かべた。

「その子を離せ」孝が叫んだ。

「うるせえ。坊ちゃん達も殺されたくなかったらおとなしくして、追わないことだな」

「お前は、水俣の警察が捜していた殺人犯か?」敏之が叫んだ。

「そうだったらどうするね、坊ちゃん達」

その時、理恵は腕を振り解こうと暴れた。男は舌打ちすると、左腕で理恵の上半身を抱き込んだ。理恵は男の左手一本で抱きかかえられる格好になった。皆は、理恵のために手が出せない。男は理恵を抱えながら後退りした。皆で逃すまいと追うのだが、その間は縮まらない。淳は風穴からこの光景を盗み見て、理恵を助けなければと決心した。自分は刺されてもいいが、理恵の身体には傷をつけるわけにはいかない。

どうしようと考えた。足元には流木がいっぱい流れ着いている。その中に振り回せそうな流木を探し、思いっきり振ってみると、ブンと空を切った。覗いて見ると、男は理恵を抱いたまま、皆と等間隔で近づいてきていた。淳は風穴の壁にへばりつき、男が来るのを待った。理恵は男の左腕にきつく締め上げられながら、一緒に後退りしていて、逃げようともがくが、男に胸をがっちり締め上げられ自由が利かない。その上、男は時々脅かすようにナイフで理恵の脇腹を軽く突いた。理恵はそんな状況の中、淳が流れ着いたのだったら、この辺かしらと思った。

淳は風穴で身構えていた。眼前に男の横顔が来た。男と淳の視線がぶつかった。男がギョッとした表情をしたのと、「ギャッ」と悲鳴を上げるのと一緒だった。淳は視線が合った瞬間、流木を男のナイフを持っている右手の甲に打ち下ろした。手の甲の骨が砕けた鈍い音がした。男はナイフを打ち下ろされた流木と同じ速さで地面に飛ばした。ナイフを叩き落された男は理恵を左腕にしっかり抱え上げると、身を翻し、島の奥へ逃げようとした。淳は素早く跳びかかり、今度は理恵を抱えている左肩に、背後から流木を打ち下ろした。

鈍い音がしたが男は理恵を離さない。淳はまた男の左腕の上腕部に流木を打ち下ろした。男は腕が痺れたのか理恵を離した。男は理恵をまた抱きかかえようとした。淳はそうはさせまいと、男に背後から跳びついた。理恵は余裕を持って男から逃れ、立ち上がって、闘っている淳を見た。淳は男の背後からのしかかり、右足をかけ、押し倒そうとしていた。男もそうはさせまいと身体を回し、淳を振り飛ばそうとした。

「早く淳を助けて！」

理恵は四人に叫んだ。四人は理恵の横を駆け抜け、男に飛びかかった。男も五人にのしかかられ、ついに屈した。

「この野郎」敏之が男の顔を殴った。

「やめろ」淳が制した。

本木はロープを取りにテントに走った。淳は男の落としたナイフを拾い上げ、岩場を登り、樹木に巻き付いている蔓を切り払い、浜辺まで下りた。男のところへ歩いていき、腕を後ろ手に縛った。

「孝、これで大丈夫だから、男を向こうの海岸へ連れていってくれないか。向こうに着いたら足も縛って木に括りつけておいてくれ。悪いけど、俺はちょっと理恵と話があるから。すぐ行くから先に行っててくれ」

淳は頼み、ナイフを孝に渡した。

男は、三人に引き立てられて行った。

淳と理恵が残った。お互い立ったまま見つめ合う。お互いの視線が中間で絡み合うと、何を思ったか、「待って！」と理恵は言うなり、海に飛び込んだ。淳は理恵の動きを呆然と眺めた。全身を海水で濡らしながらあがってきて、「男に抱きかかえられて気持ち悪かった」と言って笑った。

どちらからともなく抱き合い、唇を求め合った。

「淳、溺れかけたのでしょう?」

「どうしてわかった? 昨日はもう駄目だと思った」

「イルカに助けてもらったのね」

「よくわかるな」

「うん、何となく」

「理恵は命の恩人だ。ありがとう」

抱き合い、唇を求め合いながら淳は心から言った。

「淳が死んだら、理恵も生きてられない」

「もう無茶はしない。理恵の言うことは聞くようにする」

「淳、もう二度と海での遠泳はしないで、心配だから」

「うん……」

二人は岩場に横たわった。理恵が淳の上になった。淳を見下ろしながら、理恵の瞳はキラキラと輝いていた。理恵は淳の髪をなでながら、「よかった」と言った。言った途端に涙が溢れた。淳は理恵を見上げ、きれいな瞳だと思った。

そのきれいな瞳は涙で覆われ、泣き声と共に淳の唇は塞がれた。淳も応えた。淳の顔は理恵の涙でクチャクチャになっていった。淳は理恵の背中に腕をまわし、上になった。淳は上体を少し起こして理恵を見つめた。二人の視線が絡み合い、「理恵……」と淳は小さく言い、また唇を軽く吸うと、頭を胸の谷間に沈めた。理恵は淳の頭をかき抱いた。

孝は犯人を引っ立てていき、いつでも監視できる釜戸のそばの石垣から少し入った椎の木に後ろ手にしたままくくり付け、さらに両足もロープで縛って身動きできないようにして、食事の準備を始めた。本木は飯を炊き、淳がいないので幸一が味噌汁を作り、敏之は魚を焼き、孝はバンガローに缶詰を取りにいき、皿に盛った。本木の、飯が炊けた、との声で孝は淳と理恵を呼びにいった。大岩を乗り越えようかと思ったが面倒くさかったのと気を利かせたつもりで、大声で叫んだ。

「淳、理恵さん、飯だ、早く来いよ」

孝の声が大岩の向こうから響いた。

淳は、理恵の胸の谷間から顔を上げた。理恵は淳の頭を自分の胸に抱きながら「もうしばらくこうしていたい」と言った。淳は鼻を、理恵の胸で押さえ付けられながら、「もう、行ったほうがいいよ。これ以上待たせると何をしているのかと、こっちへ来るよ」

「来てもいいじゃない、淳は恥かしいの？」

「それは恥かしいよ」

「淳、いやなの？」

理恵は淳の頭を二度きつく抱き締め、腕から離した。その顔は既に笑っていた。淳は先に立ち上がり、理恵に手を差し伸べた。淳は大岩に登り、理恵の手を引っ張り上げ、反対側には備え付けのロープを使って巧みに伝い下りた。

幸一が近寄ってきて、「淳、昨日はどうしたんだ？」と聞いてきたので、昨夜のことを説明した。

「そうか、危なかったたな。だから理恵さんが心配になって朝早く来たのか。なるほどな。しかし、おかげで殺人犯まで捕まえて、お手柄だな」

「あれは俺一人じゃない。皆で捕まえたんだ」

「しかし淳、どうやって警察に知らせる？　船が迎えにくるのは明後日だよ。しかも男は手の甲の骨を折っているみたいで唸っている」

「そうか男には悪かったけど、理恵の身体をナイフから守るためには、ああするしかなかった。しかし警察には早く連絡したいな」

「淳、私が行ってくる」

理恵が口を挟んだ。

淳は振り返り理恵を見つめた。淳は自分で知らせにいこうと考えていた。そのことを理恵に告げると、理恵は一笑に付した。

「やめてよ、淳。昨日溺れかかったばかりでしょう。そんなあなたを行かせるわけにはいかないわ。それとさっき、海で遠泳はしないでと言ったでしょう」

「理恵、頼んでいいの?」

「任せて。私のほうが淳より泳ぎはうまいんだから。淳が行って心配させられるくらいなら自分で行ったほうが余程気が楽だわ」

「理恵、食事していけよ」

「ううん、朝食はいらない。チョコレートを食べるから。できたら幸一さん特製のお茶をもらってもいいかしら」

理恵と淳は定位置の丸太に並んで座った。理恵は大きなチョコレートを齧りながら、幸一特製の熱いお茶を飲み、淳の横顔を盗み見た。淳はお腹を空かしていたようで、ご飯の上にインスタントラーメンの残りをかけて口に流し込んでいた。理恵は不思議な気がして、食べながら動いている淳の唇を見つめた。理恵はついさっきのキスを思い出して触れたくなって、右手の人さし指で触ろうとしたが、理恵の指が近づいてきたことを感じた淳は、咄嗟に口を開き理恵の指を噛んだ。

淳は理恵の指を噛んだまま離さないので、理恵も淳の口に指を入れたままにしておいた。淳はご飯を噛めなくなり、理恵の指を歯から離して唇で止めた。理恵はまた幸せな気分になれた。孝は仲がいいなとはやした。その言葉で、理恵の指は離された。

淳は皆に理恵が警察まで知らせにいってくれると伝えると、

「理恵さん、来たばかりで大丈夫か？」と敏之が尋ねた。

「溺れても誰も助けに行けないけど……」孝が言うと、理恵は笑いながら、

「私、溺れたりしない。淳とは違うから。淳が行ってその間心配しているより、自分で行ったほうがいいわ」

と言い、淳の手を握った。理恵はチョコレートを食べ終わると、淳に「行ってくる」と言って立ち上がった。淳も送るために立ち上がり、波打ち際まで行く。理恵は淳の左手を握ったまま離さないで、歩きながらブランコのように大きく前後に振った。

淳はそんな理恵を見た。視線を感じて理恵も淳を見た。どちらからともなく微笑んだ。二人は波打ち際まで行ったが離れられずに、結局海水が腰ぐらいまできたところで手を離した。理恵は

背を伸ばして、淳に唇を求めた。淳も仲間に見られているかもと思ったが、これから泳ぎだす理恵の求めに応じ唇を吸った。いったん離れてからも、理恵はまた求めてきたので、もう一度唇を合わせた。釜戸のある場所に戻ると、孝と敏之に冷やかされた。

「あまり見せつけるな、目の毒だ」

「ごめん、悪いと思っている。これから警察に知らせにいく理恵の頼みで断れなかった」

「責めているわけじゃないけど。俺達はまだ若いからな」

「ごめん、皆、けれど俺は理恵を嫁さんにもらおうと昨日思った。理恵がいなければ俺は昨日死んでいた」

「どういうことだ？　聞かせてくれ」本木が聞いてきた。

淳は昨日のことをすべて、皆に話した。全員、興味深かそうに聞いていて、特に最後のイルカの話になると不思議な顔をした。

「淳、作り話じゃないのか」敏之が声を上げた。

「どう思われようといいよ。俺は本当のことを話しているだけだから。そして思った、理恵とは離れていてもつながっている。そしたら案の定、理恵も心配になって今朝島まで泳いできた。それで俺を探していたら、あの捕り物帖さ。思ったよ、理恵とはもう離れられないって。そうだ忘れていたけれど、今日来る子達は、今日子が先導してくるそうだ。でも、これからは目立たないように行動するよ。理恵にもよく言っておくから、今までのことは勘弁してくれ」

淳は全員に頭を下げた。

「淳、わかったよ。そんなに頭を下げる必要はないよ。俺が見てもお前と理恵さんは格別に見えるよ。ましてそんな因縁があったらなおさらだ。お前達ならうまくやれるよ。皆、淳と理恵さんに乾杯してやろうじゃないか」

と言って、幸一はお茶を注いで回った。

「敏之、音頭を取ってくれ」幸一は頼んだ。

敏之は頷いて立ち上がり、

「淳と理恵さんに乾杯」と叫んだ。

皆も叫んだ。淳はコップを掲げて頭を下げた。

一方、理恵は水俣港に向かっていた。港の警察に行こうと思っていたのだ。

泳いでいる時、淳のことばかり考えながら泳いだ。いや、淳のこと以外は考えられなかった。理恵は泳ぎながらも淳の役に立てたことが嬉しかった。理恵は潮の流れも何なく泳ぎ切ってスピードを落とした。

水俣の漁港は目の前にあった。理恵は泳ぎながら、漁船の間を抜け一番奥の突き当たりに上れる階段を見つけた。階段に手を付き、一呼吸した。階段を駆け上ると、漁師の小母さんらしき人が理恵の姿を見て驚きの声を上げた。何せ理恵は水着姿であるし、朝もまだ早い。この辺の子供達も水着姿で遊ぶが、理恵くらいの年齢の子はこの付近では泳がない。小母さんが声を上げたのも当然だ。理恵は小母さんに恋路島から泳いできたことを言い、警察署の場所を聞いた。警察署の場所を教えてもらった小母さんに礼を言い、警察署を目指し走った。途中で何人かとすれ違ったが、恥かしいという気は起こらなかった。

警察に飛び込んだ理恵は、「すみません！」と叫んだ。

声のほうを見た若い警察官は驚いた。若い娘が水着姿で飛び込んできて、「すみません」と言っている。署内はまだ早いせいか閑散としていた。警察官は周りを見回し、婦人警官もまだ来ていないので、自分がこの水着の娘に対応するしかないと考えた。

理恵に近づき、「どうしたんですか？」と聞いた。理恵は警察官に、恋路島にいた殺人犯を淳達が捕まえたことを告げて、早く船を出して犯人を引き取りにいって欲しいことと、捕り物騒ぎの時、犯人の右手甲の骨が砕けて痛がっていることも告げた。

「君は島から来たの？」

「島から泳いで知らせにきました」

「どうりで……待っていなさい」

と警察官は宿直室へ行くと、すぐ戻ってきて真っ白なシーツとサンダルを、理恵に渡した。

「身体にかけておきなさい、はずかしいだろうから」

と言って笑った。理恵は礼を言うとシーツを二つ折りのまま羽織り、サンダルをつっかけた。

「そこにかけて待っていなさい」

若い警察官は奥に入っていって、年配の警察官と一緒に戻ってきた。その警察官はカウンターを挟んで質問してきた。

「まず君の名前と住所を教えて」

「あの……私、決めた人がいるのですが」理恵は小声で答えた。

年配の警察官はいきなり笑い出して言った。

「勘違いするな。これから聞くことは、事情聴取といって法的に必要なんだ」

理恵はわけもわからずに、赤くなってうつむいた。

「これから聞くことには、ちゃんと答えてください」

理恵は声を出さず頷いた。

一通り事情聴取が終わり、二人の警察官は立ち去って、理恵はかなりの間待たされた。時計を見ると九時近くになっていた。淳達は今頃何をしているかしらと思った。

多分、昼頃押しかける女の子達のために、今の時間は魚捕りをしているだろうと想像した。若い警察官が戻ってきて三十分後に船を出すが、一緒に行くかと聞かれたので、もちろん一緒に連れていってくださいと頼んだ。

それにある思いがこの時、理恵の頭を占領していた。

「淳と一緒に島でケーキを食べたい」という思いだ。理恵は素早く行動した。こうなると理恵には羞恥心はない。若い警察官から千円を借りた。理恵の住所は事情聴取でわかっていたので疑わなかった。理恵は千円を握りしめると、若い警察官に聞いたケーキ屋に走ったが、まだケーキ屋は早すぎたのか閉っていた。理恵はあきらめずに裏に回ってドアを叩いた。奥さんらしき人が顔を出したが、理恵の姿を見て驚き、ドアをバタンと閉められてしまった。

時間がない。理恵は焦った。もう一度激しくドアを叩き、「お願いします、ケーキを売ってください！　怪しい者ではありませんから」と二度繰り返した。ドアがやっと開き、今度は若い主人らしき人が顔を出した。理恵は最後のチャンスとばかり、「お願いします」と頭を下げた。下げた途端にシーツが理恵の足元に落ち、水着姿になった。

「水着でどうしたんですか?」主人は聞いた。

理恵は事の次第を簡潔に告げて、最後に付け加えた。

「その島に好きな男の子がいて、その子と一緒に島でケーキを食べたいのです」

少し赤くなり、「ですからお願いします。もう急がないと時間がありません」と千円を主人に渡した。

「千円分お任せしますから、ショートケーキをください」と頭を下げた。

主人は事態を飲み込むと、「ちょっと待っていて」と言いドアを閉め、中で奥さんに何か指示している声が漏れてきた。理恵は、ヤッタ!と思った。島で淳とケーキを食べられる。人を刺した犯人も粋な仲立ちをやるじゃないの、と思った。

しばらくしてドアが開き、若い夫婦がケーキの箱を三段に重ね、ビニールシートに包んで出てきた。奥さんの態度は先ほどとは打って変わっていた。

「さっきはごめんなさい。余りにも驚いたものだから」

「私も奥さんの立場でしたら、同じ行動をすると思いますわ。だって私の格好、この場所では不自然ですもの」

「娘さん、二つは千円分。もう一箱は、我々夫婦からあなたへのプレゼントだ。あなたの思いはよくわかった。その思いがあれば、必ず、今島にいるあなたの好きな男の子と結ばれるよ」

「早く結ばれるといいわね」奥さんもそう言った。

理恵は思いもしなかった若い夫婦の好意に頭を下げると、「今度、彼を連れてきます」と言いながら走りだした。

船の出る時間が迫っていた。最初、シーツを巻いて走っていたが、足にまとわりつき邪魔に感じたので外した。そのシーツとケーキを抱え、水着姿で船を目指して走った。

理恵を見つけた若い警察官は、理恵に急ぐように叫んだ。出航の時間は過ぎていたが、出るのを待ってもらっていたのだ。理恵はケーキを抱えて船に飛び込んで、肩で大きく息をつくと、シーツを身体に巻き付けて再び水着を隠した。

その船は警察のランチではなく漁船だった。多分漁師と交渉して借りたものだろう。船が岸を離れると、若い警察官が理恵に話しかけてきた。

「よくこんな早い時間に、ケーキ屋開いていたね」

「閉っていたけど、裏のドアを叩いたら開きました」

「君は、全く行動力があるんだか、無茶なんだか、よくわからないね」

「ありがとうございます。私は好きな人のために動いているだけですから。ご心配なく」

「君の好きな子が島にいるのか。会ってみたいものだな」

「島へ行くのですから、いやでも会えますよ」

「紹介してくれるのかい?」

「いやでも紹介するようになります。千円お返ししなくてはいけないし」

「そんなに急いで返さなくてもいいよ」

「いいえ、借りたものはすぐお返ししなければ」

島が近づいてきて、手を振っている男子達の姿が見えてきた。理恵も立ち上がり、大きく手を振った。年配の警察官に「危ないから座っていなさい」と注意された。若い警察官が、「何で彼らはこんな無人島に来たのだろう、おもしろい島じゃないのに。高校生の考えていることはわからん」と呟いた。

私と出会うために来たのよ!と理恵は心の中で叫んでいた。

恋路島の岸壁は以前、ちゃんとしたのがあったのだろうが、永年の風雨に曝され、今は跡形もない。そのため、漁船は着岸できない。漁船はぎりぎりのところで停止したが、エンジンは切らなかった。

淳達が迎えに出てくると、船頭が危ないから来るなと注意したが、若者達は聞き入れなかった。淳も理恵を迎えるべく漁船に近づき声をかけた。理恵はケーキを買ってきたからと、ケーキの箱を背を伸ばして手渡した。淳は「よく金があったな」と聞こうとしたが、とりあえずケーキの包みをもらい、後ろに続いている幸一に渡して、理恵に手を伸ばした。

理恵は船上で若い警官にお礼を言うと、「このシーツはどうしたらいいのでしょうか」とシーツを身体から取りながら聞いた。若い警察官は眩しそうに理恵の水着姿を眺めながら、

「そのままでいいよ。後でクリーニングに出すから」と言った。

理恵は船縁に手を付いて足を下ろして、伸ばされた淳の腕に飛び付いて海水に浸かった。

「お帰り、早かったね」淳は理恵を抱き止めながら言った。

「淳、ケーキ買ってきたから、皆で食べよう」

「よくケーキを買えたね。お金はどうしたの?」

「あの警官から千円借りたの」

船上を見上げながら言った。淳も船上を見上げると、若い警察官と視線が合ったので一礼した。

「淳、千円持っている?」

「持っているよ」

「よかった。あの警官に返して欲しいの。帰りの汽車賃はあるの？」

「あるよ、心配しなくてもいいよ」

「淳、多分私のほうがお金持ちだと思うから、水俣で渡すわ」

「いらないよ」

「遠慮はしないの。言うことは聞きなさい」

二人は並んで水から上がった。淳はテントにお金を取りに走り、理恵は幸一からケーキの包みを渡されると大事そうに抱え、食料倉庫の朽ちたバンガローに向かった。二人の警察官はズボンの裾を膝までたくし上げて、船縁につかまり静かに海面に降りたが、海水は二人のズボンを濡らした。淳でも股ぐらいまであったほどだから、二人のズボンは海水でずぶ濡れとなった。二人とも最初ズボンが濡れるのをいやがっていたが、そのうち濡れるのも構わずにずんずんと波打ち際を目指しだした。

淳はお金をティッシュで包むと、猛然と走って引き返した。若い警察官は島に上がろうとしていた。淳はお金の包みを差し出すと、「お金、ありがとうございました。ご確認ください。千円ありますので」と頭を下げた。

「君があの娘の彼氏か。こんなに早く返さなくてもいいのに」

と少し残念そうに言い、付け加えた。

「しかし、あの娘は変わっているな。少し無茶だよな。君も将来は尻に敷かれるな」

と言って眼を細めた。

「敏之、孝、男のところへ」

孝と敏之を先導させ、淳も後に続いた。本木と幸一、理恵も後に続いた。

男は後ろ手に縛られた上に、さらに椎の木に括り付けられていた。また、足首も縛られていた。

「まあまあ、ご丁寧に」年配の警察官が言った。

「木島だな、鬼と恐れられたお前もこうなっちゃおしまいだな」

「全くだ。そこにいるお嬢ちゃんに手を出そうとしたのが間違いだった。男ってやつは女のためなら命もいらなくなってしまうからな。これは大人も子供も同じらしい。いい勉強をさせてもらったよ」

その男は、淳のほうを見つめて言った。

「特にそこの若造、お前は必死だったな。しかしな俺もまだ甘いな、昨日の夜、お前は風穴で死んだように寝ていた。あの時、殺しておけばよかった。しかしお前から奪えるものは、命以外何もなかった。その時はそう思ったから、バカバカしいから殺すのをやめたんだ。お前は俺が欲しくなるようなものを持っていた。あのお嬢ちゃんだよ」

理恵のほうに顎をしゃくった。

「昨日お前を殺しておけばよかったよ。失敗したよ」

その眼は淳が今まで見たこともないような鋭い視線だった。思わずその視線に負けてうつむいた。

「何を言っているの、あなたが淳を殺すのなら、その前に私があなたを殺してあげるわ」

理恵の大きな叫び声が静寂を切り裂いた。

「お嬢ちゃんに、俺が刺せるかな」木島は頬を引きつらせた。

「刺せるわよ、今からだって。もし淳に何かしようとしたら……あなたを殺せる」

理恵は言い切り、肩で息をついた。木島は笑い声を上げて淳を見た。

「お前、淳という名前か。そうか」と言って大笑いした。

「お前はいい彼女と巡り合ったな。あの娘はいいよ、淳、最高だよ。全く羨ましい。ところで淳、あの娘とやったのか。何、まだやってないんだろう。早くやってしまえ。あの娘は俺も勧める。淳、早くやって自分のものにしてしまいな。淳、男と女の関係は難しいぞ、お前のような子どもにはわからないだろうが。男はお前達のような上等な人種ばかりではないぞ。俺みたいに獣みたいなやつもいるし、俺よりもっと酷いやつだって世の中にはいる。そいつらに取ってみれば、淳……お前の彼女は垂涎物だ。お前みたいな子どもにはもったいない。あの娘の身体の感触は今も俺の左腕に残っているよ」

理恵はいたたまれなくなり、その場から立ち去った。先ほど、捨て台詞を吐いたものの、まだ十八歳の乙女である。淳は木島の言葉に誘われるように、木刀を持って近づいた。淳の眼はギラギラと光っていた。木島は淳の眼を見て常軌を逸したものを感じた。

「小父さん、この左腕が覚えているっていうの？」

淳は木島に優しく聞いた。その優しさがかえって木島の恐怖心を煽った。そして、淳は近づくといきなり木刀を木島の左腕に叩き下ろそうとした。が、警察官に制止された。

「小父さん、小父さんのどこが覚えているんだい……」

まだ淳の眼は血走っていた。

「若造、俺を殺したければ殺せ」

木島がせせら笑った。

淳は頭に血がのぼり、木刀を頭上に大きく振りかざし、「ヤメロ！」と警察官にはがいじめにされながらも打ち下ろそうとした時、どこから来たのか、理恵が横から飛び付いてきて泣きじゃくりながら、「淳、私のために我慢して」と叫んだ。木島がこの言葉にまた喜んで叫んだ。

「淳、やっぱりお前にはもったいないよ、この娘は。お前には宝の持ち腐れだ」

淳はさらにむきになって、木刀を頭上に構えた。理恵は警察官に、「すみません、この人、頭に血が上っています、私が少し覚まさせてきますから」と言った。

木島は淳に「早くやれよ」と声を上げた。淳はまた木刀を上げて木島に詰め寄ろうとしたが、警察官に制止された。

全くその時の淳は、感情を木島に揺さぶられ、常の感情ではなかった。理恵は淳の腕を引っ張り、できるだけ木島から遠ざけようとした。堤防になっている石垣を越え、テントのある場所を過ぎても、まだ歩き、灯台のある場所で止まった。

「すぐ戻るから待っていて。動かないでね」

淳は灯台にもたれながら、遠くを見た。

不知火海を挟んで、獅子島、長島が見え、小島の向こうに下島が大きく横たわって見えた。ただ漠然と眺めていると、理恵が戻ってきてショートケーキを差し出した。淳は理恵を見上げながら、「これ、あとで皆で食べるんじゃないの?」と聞いた。

「いいの、皆の分はちゃんとあるから心配しないで。これはケーキ屋の若夫婦が、私達にとくれたものよ。私は淳と二人きりで、この島でケーキを食べたかったの。今やっと夢がかなうわ」

「ありがとう。俺も皆と食べるより、理恵と食べたほうが楽しい」

淳はケーキを一口頬張り、「おいしい！」と声を上げた。

「おいしいでしょう。このケーキ屋さん、港でもおいしいと評判のお店ですって。あの若い警察官に教えてもらったの」

淳はケーキを頬張り、遠くに見える島々を見ながら、「理恵、俺はお前がいないと駄目かもしれない」と呟いた。

理恵は口に入っているケーキを飲み込むと、淳の肩をつかみ正面から見つめて、

「淳、私もそう思っている。淳は危なっかしくて見てられない。私も淳がいないと駄目かもしれない。理恵も頭に来るとわけがわからない時があるから」と理恵も言った。

淳がケーキを食べ終わると、理恵は持ってきたもう一個も食べるように勧めた。

淳は灯台の白い壁に寄りかかりながら、ケーキを頬張ると理恵を見た。理恵も視線を感じて淳を見る。すると、恥かしそうに視線を外して「今は駄目よ」と言った。淳は一瞬何を言っているのか理解できなかったが、さっきの木島の言葉を思い出して、そのことかと思い、笑いだした。理恵は笑いだした淳に、「何がおかしいの？　おかしいことではないでしょう」と声を荒くした。

淳は笑いながら、「じゃあ、いつならいいの?」と聞くと、理恵の顔は見る見るうちに真っ赤になっていった。

「いつならいいの?」

「……」

「ねえ理恵、いつならいいの?」淳はまるで謡うように聞いた。

理恵は突然立ち上がると灯台の反対側に隠れて、「淳、ここではいや」と叫んだ。

灯台の反対側にいる理恵を追いながら、「理恵、いつなら……」と淳は言った。

理恵はなおも灯台の回りをくるくると逃げ続けた。「理恵!」と淳は追い、咄嗟に反対方向に追う方向を変えた。理恵の姿が見えたが、理恵も素早く立ち止まった。理恵の顔だけが覗いている。

「島から帰ったら、家に来て」と理恵は叫び、姿を灯台に隠した。

「淳!」孝の声が聞こえた。

「今、行く」と淳も大声で答えた。

淳は浜辺まで走った。理恵もすぐ後ろから付いて走った。二人の警察官は既に船に乗り込み、木島を船上に引っ張り上げているところだった。幸一と本木が木島の尻を押し上げていた。

木島は船に乗って振り返り、淳と理恵がいることを知るとニヤリと笑った。

「やったのか」大声で淳に聞いてきた。

「やった」淳は嘘をつくと、理恵は頬を赤くしてうつむいた。

「まあ、いいや、早くやっちまえ」木島は大声を出して笑った。

船は島から離れていった。離れていく船に六人は頭を下げた。

警察官には島から帰る日、警察署に寄るように言われていたし、お金を借りたお礼も言わなければならない。船が出ていくと、「淳、やったのか？」と敏之と孝が聞いてきた。

「嘘だよ、何もしてはいないよ。木島の手前、嘘を言っただけだよ。なあ理恵、何もしてないよね」

理恵は真っ赤になりながらも、大きく頷いた。

「そういうわりには、理恵さん、真っ赤になっているじゃない」敏之は追及をやめない。

「あなた達がやった、やってないと言っているのは、私と淳のことよ、どうして私が平気な顔をしていられるの！」

赤くなりながらも、理恵は敏之にむかって気丈に言った。

「ごめん、理恵さん、俺が悪かった。この話はもうやめよう」敏之は謝った。

時計を見ると十一時を過ぎていた。女の子達が来るまでにはあと三十分くらいしかない。

「もう間もなくご到着だよ、料理の用意を急がないと間に合わないよ」

淳が叫ぶと、その言葉に煽られるように全員がワッと動きだした。本木は米を研ぎ始めた。孝と敏之は、朝捕った魚を焼くために木切れを集め出す。淳は幸一にジャガイモの皮をむいてくれるように依頼して、自らは食料倉庫のバンガローに、昨日仕込んだ豚肉を取りにいった。理恵も付いてきた。

「淳、何を作るの？」

「肉ジャガ」

「あの肉で？」

「そう、全部使っちゃう」

「私が作ってあげる」

「理恵はお客様だから、手伝わなくていいよ」と答えるが、理恵は手伝うと言って聞かない。仕方なく手伝ってもらうことにした。淳はやることがなくなったので味噌汁を作ることにした。理恵は、釜戸に鍋をかけ、その中に大きく切った豚肉を投げ入れている。幸一がジャガイモの皮をむいて持ってくると、それも大きく切り、別の鍋に放り込み、水を注いだ。拾い集めた木切れを乗せた新聞紙に火をつけて、「本当は日本酒があればいいのにね」と淳を見ながら言った。「俺達肉をジャガイモの鍋に入れて、醤油をかけ、さらに砂糖を入れて蓋をした。

「さあ、後は煮えるのを待てばいい。味噌汁はできたの？」と淳のほうを向いた。

「できたよ。後はお客さんを待つだけ」淳は言った。

「きた、きた！」

石垣の上に立ち、海を見つめていた幸一が叫んだ。淳も手をかざして見た。女の子達は、竿になって泳いできていた。

「先頭が尚子、次が千代、良子、最後が今日子よ」

理恵は見てもいないのに即座に言った。

「わかるの？」淳が聞いた。

「わかるわ。遠泳をする時のルール。淳みたいな無鉄砲な人にはわからないでしょうけど」

淳は昨日のことがあるので何も言えない。幸一、孝、敏之、本木達は、波打ち際に走っていった。

淳と理恵も出迎えに向かった。

理恵は淳のやや左後ろから歩き、淳のパンツのゴムに右手の人さし指を突っ込み、体重を踵にかけて歩いた。ずっとそのままの姿勢だ。女の子達は理恵の言った通り、尚子、千代、良子、今日子の順に海面から順番に整然と立ち上がった。淳はシンクロの選手を見ているような気がした。

「ご苦労様」理恵が叫んだ。

女の子達は手を振り上げながら、水飛沫を上げて走ってきた。男の子達も走っていって、それぞれのカップルができあがった。二日前と変わってはいない。淳は理恵を見た。理恵と視線が合ってお互い微笑んだ。女の子達はそれぞれに水着の上に羽織るものとビーチサンダルを渡されていた。

淳は一連の騒ぎで、理恵に渡していないのに気がついた。理恵はむくれているようで、横を向いた。いけないと思い、淳はテントまで走った。理恵のノースリーブのワンピースはテントの横のロープに洗濯バサミで何重にも止められ風になびいていた。

昨日、千代と帰っていった時、預かってロープにかけたままの状態だった。淳が思い切り引っ張ると、洗濯バサミが飛び散った、でも淳はそのままにして理恵のワンピースを左手につかみ、テントの横に置きっぱなしになっているサンダルを拾い上げると全速力で理恵の元へ走った。理恵は両腕を空に向かって上げた。淳は頭から被せてあげた。理恵の機嫌は直った。ノースリーブのワンピースは、理恵の身体を流れ落ちて顔が覗いた。その顔は笑っていた。二人は手をつなぎ、皆が待っている自然の食堂に行って、所定の丸太の椅子に腰をかけた。

「理恵先輩、大変でしたね」幸一から聞いたのか、千代が声をかけてきた。

「淳さんが昨日泳ぎ着いていなかったらと思うとゾッとするわ」尚子は言った。

「そうよね。それにしても理恵さんの勘は凄いと思うわ」今日子は感心していた。

「二人は何かで結ばれているのかも」良子も言った。

「皆さん、心配をかけてごめんなさい。おかげさまで淳もこの通り生きているし、私だってこの通りだから。本当にありがとう」

理恵はペコンと頭を下げた。淳も理恵に促されて、「どうも心配かけまして」と女の子達に頭を下げた。

「腹減った。食べようよ」敏之が催促した。

それに合わせるかのように、「腹減った、腹減った、食べよう」の合唱になった。

「この肉ジャガおいしいわね、淳さんが作ったの?」

「いいや。それは理恵に作ってもらった」

「へー、理恵さんが作ったの」今日子は驚いた顔をした。

「今日子、へーとは、どういう意味?」理恵は怖い顔をした。

「いいえ、おいしいから。理恵さんいいお嫁さんになれると思って」

と今日子は逃げた。皆は肉ジャガをおいしい、といって食べた。淳もうまいと思った。理恵の横顔を見ると、満更でもなさそうだ。

「淳もおいしいと思う？」

「ホッペが落ちるほどおいしい」

顔を理恵の耳元へ持っていき、小声で答えた。理恵は吹き出すのをこらえながら、箸を持った手で淳の肩を叩く真似をした。

「理恵先輩、思い出したくないとは思いますが、男に襲われた時に怖くはなかったですか？」千代が尋ねた。

理恵は瞬間、襲われた時のことを思い出した。

「それが不思議なことにそれほど怖くはなかったわ。今思えば不思議なほどに。笑わないで。この島のどこかにいる淳が必ず助けてくれると思っていたの」

「その思いの通りになったわけですね」

「そうなの。不思議だわ」と言って淳を見た。

淳は話に加わらずに、飯と肉ジャガを口の中に運んでいた。理恵は「この人に助けてもらったわ」と言い、淳を見つめた。

千代は、理恵の瞳の中に溢れるばかりの優しさが満ちているのを感じた。千代は自分も、あんなに優しい眼差しができるだろうかと思って、幸一を見た。自分も理恵の年齢になればできそうな気がした。幸一も肉ジャガを頬張っていた。

「淳さんはなぜ、明神崎方向の浜に上がったの?」尚子が聞いた。

淳は昨夜のことを女の子達に話した。

「そんなことがあったんですね……」

尚子は驚いた表情をして、次にホッとした様子に変わった。理恵は、オヤ?と思った。

「じゃあ淳さんは、理恵さんに助けられたのね」尚子は言った。言った声が少しこもっていた。

「そう思っている」淳はその時のことを思い出して言った。

「私は月ノ浦の浜辺で確かに淳を助けたと感じたわ」と理恵は言ったが、尚子はそれには答えず、

「淳さん、助かってよかったね」と心からそう思っているように言った。理恵は尚子を見た。尚子は淳を見ていた。尚子の視線の隅に自分を見ている理恵が入った。理恵に視線をずらした。と、尚子と理恵の視線が宙でぶつかった。尚子は思わず目を伏せた。理恵は尚子を見ながら、「この子も淳のことが好きなんだ」と感じた。しかし、「淳は誰にも渡さない」と心に刻んだ。

淳の横顔を見た。淳は豚肉に齧り付こうとしている途中だった。淳は理恵の視線を感じてそのまま、理恵を見上げて恥かしそうに笑った。

その時、理恵は突然、淳を愛しいと思う感情が込み上げてきた。誰もいなければ抱き締めたいと思ったが、皆の手前、我慢した。

尚子は理恵を見ていて、理恵の感情の動きが手に取るようにわかった。自分も理恵の代わりに淳の横に座りたいと思ったがあきらめた。理恵の視線を思い出し、この思いは心の中に沈めよう……と思って孝を見た。孝も尚子の視線を感じ、尚子を見ると微笑んだ。尚子も微笑みながら、うまく笑顔を作れたかしらと思った。

今日子と本木も並んで食事をしていた。今日子は列車の中では、敏之がいいと思った。金持ちそうだし、頭もよさそうに感じた。しかし、水俣駅で本木と会い、その場では何気なく別れたが、帰宅して考えた。答えは本木だった。やっぱり中学時代からの憧れのほうが勝った。本木は俗に言ういい男ではない。しかし、中学時代の本木は、成績は常にトップで、スポーツマンで、リーダー的存在だった。そんな本木に今日子は中学二年の時から憧れていた。本木を水俣駅で見た時、今日子の気持ちは揺らいだ。顔は敏之のほうがいい。しかし、中学時代から作ってきたイメージは崩れなかった。それで島に渡ろうと理恵から電話をもらい、「もう二人連れてきて」と言われた時、決心した。敏之に悪いと思ったので、できるだけいい子を誘おうと思い、良子と千代に白羽の矢を立てたのだ。

良子には、敏之に近づいて欲しいと頼んだ。良子が、「嫌いなタイプだったらイヤよ」と言うので、その時は千代に押し付けるつもりだった。幸い良子も全く嫌いなタイプではなかったようで、今日子は安心した。

今日子は本木の視線を感じて本木を見た。本木の眼は笑っていた。今日子も微笑んだ。幸せな気分が全身に溢れた。本木はもちろん、中学時代から今日子を知っていた。同じクラスになったことはないので話したことはなかった。でも、その美貌は田舎の中学では群を抜いていた。本木もきれいな子がいるなと二年の頃から意識してはいた。今日子は夏になると肌の色が黒くなり、冬になると抜けるように白くなった。その変化が面白いので、友達に聞くと、「今日子は水泳部だから」と聞かされた。

「今日子という名で水泳部か……」とひとり納得していた。それ以来、意識はしていたが、三年生で受験勉強が忙しくなり、熊本市の自学館に入ってからは忘れていた。そんな今日子と水俣駅で再会したのだ。会った時は正直言って驚いた。そして、敏之と仲がよさそうだったので少し妬けた。それが島に渡ってきた時は、何かと自分のそばから離れたがらない風情を見せ、話しかけてくるのだった。

今日も、今日子は本木の横に座って肉ジャガを食べている。いいのだろうか、本木は不思議な気がした。不思議さを確認するために、今日子をじっと見た。また今日子と目が合い、今日子は微笑んだ。現実だった。

良子は最初、敏之は少し鼻持ちならない男の子だと感じた。しかし今日会って見るとそうでもなかった。年相応のシャイなところを隠すための演技であることに気がついた。そう思って敏之を見ると、敏之の鼻持ちならない行動も可愛く見えてくるのだった。良子は敏之を見た。敏之は良子と視線が合うと、はにかむように笑った。

敏之は、はにかむ自分を腹立たしく感じた。負けるものかと良子を見た。良子も敏之を見た。二人の視線が絡み合った。敏之は自分の心を見透かされる気がして視線を外した。外しながら、良子の瞳はなぜあんなに澄んでいるのだろうと思った。怖いもの見たさでまた見てみると、良子は敏之から視線を外さずにいた。敏之は良子の瞳に吸い込まれそうになり、慌てて視線を逸らせた。敏之は純な気持ちを残している自分に驚いた。

理恵はそれぞれの動きを、淳の左肩に少し頭を預けて見ていた。それぞれの食事が終わり、そうだと思って、頭を淳の肩から外し立ち上がった。

「どこに行くの?」淳は聞いた。

「ケーキを取ってくる」と言い、理恵はバンガローに向かった。

淳も後を追った。バンガローに行き、ケーキ箱を包んだビニールのシートを淳は持ってきた。喜んだのは女の子達である。こんな島にまさかショートケーキがあるとは思ってもいない。そこに大量のケーキが現れたのだから、驚いたのも無理はない。

「淳さん、このケーキはどうしたの?」と異口同音に尋ねた。

「このケーキは今朝、理恵が港の警察まで知らせにいった時、買ってきたものだよ。お礼を言うなら理恵に言って」

「朝早くから、よく開いていたわね」良子が聞いた。

「表のシャッターは閉っていたので、裏のドアを叩いて……」

「裏から……理恵さんらしい」今日子はそう言ってから、慌てて口を押さえた。

理恵は各種のケーキを五個ずつ大きな紙皿に盛り分けて、淳に渡した。淳はそれぞれのカップルのために持っていき手渡した。

「女の子が三個、男の子が二個ね」理恵は言った。ケーキは最初三十個あった。ケーキ屋の若い夫婦が理恵の熱意に感激して、多く入れてくれたのだ。理恵と淳も五個、皿に盛った。さっき灯台で三個食べているので二個が余る。

理恵は、「あと二個あります。食べたい人！」と言うと、淳を除く全員が手を挙げた。カップル対抗のジャンケンになり、本木と孝が勝ってケーキを手にした。

敏之が淳のところへ来て、

「これから、三時間ばかりあるけれど、どうする？　木島は捕まえたから、島はどこに行こうと安全になったし」と言った。

「三時にここに集合ということで、後は各自に任せたらいいんじゃないか」と孝も言った。

無論、淳にも異存はなかった。敏之はそのことを全員に告げた。理恵は淳を見て、どうするの？というような目をした。淳は理恵の手を取ると、波打ち際まで歩き腰を下ろした。理恵もケーキの皿を左手に持ち横に座った。足元を波が優しく浸してくる。鏡のような水俣湾を眺めながら、淳は理恵と知り合ったことに感謝した。ケーキの皿を差し出してきた理恵を見ると、いたずらっぽく笑っている。

「ケーキ食べていいの？」

「うん。好きなの選んで」

「どれでもいいよ」

淳がそう答えると、理恵はモンブランを取ってあげた。理恵は淳が口に入れて食べるのをじっと見つめ、思わず淳の膝の上に手を置いた。そして、思い切り淳の太腿をつかんだ。淳の発達した太腿は、理恵の攻撃を弾き飛ばした。理恵につかまれた太腿は瞬間、白くなったが、すぐ元の色に戻り、跡形もない。

理恵は不思議そうに太腿の色の変化を見ていて、またつかんで淳の目を見て笑った。理恵の感情の高まりは収まりそうもない。次に理恵は、右手の人さし指で淳の左脇腹を突ついた。淳は堪らず上体をひねって、「やめろよ」という目をして理恵を見た。しかし理恵はやめずに、執拗に何度も脇腹を突ついた。この攻撃には淳も参った。淳の上半身も他の攻撃には耐えられるが、くすぐりには弱い。理恵に突つかれる度に淳は身をひねり反応した。

「理恵、やめろよ」とうとう音を上げた。

「いや、やめない」と理恵は答えた。答えた声が甘い。

「何で？」

「わからない」

実際理恵にもなぜ自分がそういう行動をしているのかわからなかった。淳は降参する格好をして両手を挙げると、理恵は自然の流れのように、空いた淳の左脇腹に抱きついて両腕を胸に回して、思い切りしめつけた。自分の胸が水着の中で圧迫されて苦しくなったが、またそれもよかった。理恵はしばらくそのままの格好で淳に抱きついていた。淳は万歳をした格好のまま、されるがままになった。しかし左脇の下がこそばゆい。理恵の温かい息遣いを感じていた。

理恵は最後に強く腕に力を込めて抱き締めると、しばらくして淳から離れ、淳を上目使いに見て恥かしそうに微笑んだ。

「どうしたの?」淳が心配そうに聞くと、「わからない」と相変わらず理恵は下を向いたまま答えた。

理恵は淳にケーキを渡そうかどうか迷っていた。何かを食べている淳を見ると、無性に愛しくなった。なぜなのか自分でもわからない。あの目がいけないと思う。口をモグモグさせながら少し上目使いに大きな瞳で見つめられると、もういけない。理恵の感情はかき乱されてしまう。

「淳、向こうを向いて食べて」

とケーキを渡した。

淳は理由も聞かずに素直に従った。背を向けケーキを口に入れた。理恵もケーキを口に入れ食べながら、淳の広い背中を見つめた。淳の背中は十七歳の割にはしっかりと筋肉がついていた。淳がケーキを口に持っていく度に右の肩甲骨が動いた。理恵はケーキを食べながらそれを見ていた。

理恵は、いけないと思った。ケーキを食べている淳の姿を想像してしまった途端、理恵は淳の背中を抱き締めていた。ケーキを持っていた左手は淳の左腕に回され、ケーキは理恵の手の中で潰れ、淳の膝の上に落ちた。淳は落ちたケーキを右手で拾い口に入れながら、理恵の乳房を背中に感じて困った。理恵に一瞬きつく抱き締められたかと思った瞬間、右肩に痛みが走った。噛まれたようだ。理恵は淳の広い背中に顔を埋めながらも、感情の高まりを抑えられない。自分でも理由のわからないまま、淳の右肩に齧りつき、その柔らかさを歯と唇に感じた時、理恵は我に返った。

「淳、ごめんなさい」

「いいよ、大して痛くない。だけど、俺の身体は傷だらけになるな」

理恵は恥かしそうにうつむくと、最後のケーキを取り口に入れた。

淳は立ち上がり、理恵に左手を差し出して、「泳ごう」と言った。理恵も頷き、右手の小指を淳の左小指に絡めて立ち上がった。理恵は左手にケーキを持ち、口に運びながら歩く。

波打ち際からゆっくり歩き、理恵の腰辺りまで行ったところで、食べ終わった。淳は理恵が食べ終わったのを見ると、海中に飛び込み泳ぎだした。理恵もケーキを飲み込むと後に続いて飛び込んだ。理恵の火照った身体には、海水の冷たさは心地よかった。淳は先頭を泳ぎ少し行くと、背泳ぎに切り替えて理恵を待って言った。

「遊ぼう！」

理恵は昨晩のことを思い出した。淳の「遊ぼう」につられるように頷き、「うん、遊ぼう！」と言って淳に近づいた。淳は理恵が近づいてくると海中に潜った。理恵も遅れまいと潜ると、淳の逞しい腕に抱き締められて唇を塞がれた。理恵はしっかり抱き締められているので、上半身の自由が利かなかったが、頭を振りながら必死に応じた。

理恵の髪は海中で海藻《かいそう》のように漂った。一度、海上に顔を出し再び潜った。今度は理恵が腕を淳の頭に巻きつけてきたので、淳は自然と理恵の胸に顔を埋めた。淳は弾力のある理恵の乳房に触って見たくなり、水着の上から触ってみた。理恵の乳房は淳の手の中で生き物のように弾んだ。淳は新しい玩具をもらった子どものように、夢中でもてあそぶ。

理恵が唇を求めてきたので応じた。二人は戯れながら海底へ落ちて行き、魚になってじゃれ合った。しばらく海中で遊んだ後、二人は海から上がり丸太の椅子に座った。

淳が時計を見ると、集合まで二時間ぐらいあった。

「島の右側、行けるところまで行ってみない？」

淳は提案した。木島が捕まって安心にはなったが、島の右側はまだ奥までは行っていない。理恵も即座に賛同した。

淳は周りを見渡した。孝と尚子が左手の奥に並んで座っているのが見え、それからかなり離れた右側に敏之と良子が波打ち際に座り、良子は足をばたつかせて水飛沫を上げているのが見えた。幸一と千代、本木と今日子の姿は見えなかった。幸一と千代の居場所は想像できた。多分、灯台だと思った。

淳と理恵は立ち上がり、島の右側に向かった。

「淳はどの辺まで行ったの？」

「魚を捕るためにかなり奥まで行ったけど、最後までは行ってはいない」

二人は手を取り合って岩場を渡り、淳が先を行き、理恵の手を引いた。

「この辺には魚がたくさんいるわね」

「そうだろう。俺はいつもこの辺で魚を突くんだ。理恵達が食べた魚もこの辺で捕ったものだよ」

二人は飛び跳ねながら岩場を渡った。理恵は、時々足で岩を捕え損ねて海に落ちた。二人はじゃれ合いながら岩場を渡った。楽しい気分でいっぱいだった。しばらく進むと大きな岩で行く手を遮られた。淳は上を見上げて、灯台から見た地形を思い起こした。まだ奥があるはずだと感じた。

「淳、もう行き止まりみたい」理恵は残念そうに言った。

「いや、まだ先があると思う」淳は確信を持って答えた。

「でも、岩の左側は海で、歩いて渡れないわ」

「灯台から見た地形で考えると、まだ先があると思う」

淳は海に飛び込み、岩の反対側が見えるところまで泳いでいった。

「理恵、やっぱりまだ続いているよ。おいで」

理恵もワンピースとビーチサンダルを脱ぐと手に持って飛び込み、淳の右腕にしがみついた。淳は理恵と手を繋いだまま、立ち泳ぎで反対側まで泳いだ。そこはちょうどテーブルのようになっていて、打ち寄せる渚はなく、岩場からいきなり深くなっていた。淳は岩場に片足を乗せて勢いよく飛び乗ると、理恵に手を差し延べて引き上げた。

岩のテーブルは百メートルくらい続いていて、その先はまた大きな岩に遮られていた。淳はその先は、灯台から見た風景を再び思い出し、切り立った崖になっていると確信した。テーブルを覆う崖には、風水に浸食されたのか無数の風穴が並んでいた。二人は手を取り合って歩き風穴を覗いた。中程にある風穴は、かなり大きく奥行きも深かった。一番奥まで行って風穴を覗いた。そこは、時折波で洗われているのか、海水が奥に溜まっていた。奥の風穴から手前三個目の風穴には、缶詰めの空缶が散乱していて、食べ残しの菓子の袋が落ちていた。

木島が淳達の食べものを盗んでいたことがわかった。淳は風穴を出ると、岩の上部を見上げて、次に島の斜面を見上げた。淳は足がかりになるでこぼこを見つけると、それを足がかりに岩の上部に巧みに登った。そして、そこから頂上まで続く椎や楢の林を見透かし、十メートルくらい登って、納得したのか下りてきた。

「何をしているの?」

「木島の行動を知ろうと思って。わかったよ。あいつはこの岩の上から灯台まで登り、そして明神崎のほうに下りていった。昨日の夜もそう行動したに違いない。時々バンガローに行って食料を盗み、またここに帰ってきたんだ」

「何だか気味が悪いわ」理恵は淳に寄り添った。

突然、やっちまえ、という木島の声を淳は思い出した。淳は横に立っている理恵を見た。理恵も何かを感じ取ったのか、淳の手を握り右手を後ろから淳の腰に回した。淳は硬直したままどうしようかと思った。いや何も考えないで、いきなり「理恵、身長は?」と突拍子もなく尋ねた。

「百六十三センチだけど……何で?」

「何でもない」

淳は理恵の手を振り解き、風穴を走り出て海に飛び込んだ。飛び込み、頭の芯が痛くなるまで潜った。息が苦しくなって海面に浮かび上がると、理恵は岩のテーブルに腰をかけて足を海水に浸け、パチャパチャさせていた。

淳は意を決すると潜っていき、理恵の足の間に浮び上がった。理恵は淳を見つめ、何も言わない……。

「理恵の裸が見たい」唐突に淳は言いだした。

「いや。恥かしい」理恵は顔を背けた。

「理恵の裸が見たい」淳は甘えるように言った。

「いや……いやよ」理恵は首を横に振った。

「理恵、裸が見たい」淳はなおもねだった。

理恵は淳の目を見ないように気をつけていたが、淳が理恵の右足をつかんだので、思わず下を見た。と、視線が合った。淳は、だだっ子のように「理恵の裸が見たい」と理恵の右足を揺すり続けている。

理恵は観念して、眼を閉じた。そして目を開けると、淳の瞳があった。いつもの無邪気な瞳がねだっている。理恵は空いている左足を蹴って海水を淳の顔にかけた。

「何もしない？」

「何もしないよ」淳は答えた。

理恵は立ち上がると風穴に入り水着を脱ぎ始めた。

淳はすぐ後に続き、腰を下ろして膝を抱き、水着を脱ぐ理恵を見ていた。理恵は淳の息遣いを感じて、「見ないで！」と叫んだ。しかし淳の瞳は、理恵の身体に釘づけになったまま、動かなかった。理恵はすべてを脱ぐとその場に座り込んだ。理恵の水着で覆われていた部分は透き通るように白かった。淳は想像していたとはいえ、理恵の裸身の美しさに息を呑んだ。

「理恵、きれいだ……」声が震えていた。

「来ないで！」理恵は背中を見せたまま、叫んだ。

その叫びを無視して、淳は立ち上がり近づくと、理恵の肩に手を置いた。理恵の身体がピクリと反応した。淳は座って理恵を背後から抱き締めようとした。ところが、理恵はいきなり立ち上がると、正面から抱きついてきた。理恵のむき出しの乳房が淳の胸で潰れた。どちらからともなく唇を求め合う。淳の右手は乳房を求め、左手は背中の腰の窪みを愛撫した。

理恵の腰が崩れそうになった。淳は優しく理恵を横たえると、覆い被さっていった。

幸一と千代は、灯台に寄りかかりながら遠くの島々を見ていた。

「千代さんは、泳ぎ、何が得意なの？」

「クロールが好きですけど、専門は背泳です」

「速いの？」

「自分で言うのも何ですが、自信はあります。幸一さんのテニスは？」

「俺はあまり上手くないけど、他の連中はうまいですよ」

幸一は本当のことを言うこともなかったかなと思い千代を見ると、視線が合った。千代のまだ幼さが残る瞳が動いた。

「私、幸一さんが下手でも構いません」

幸一は気立ての優しい子だと感じて、ますます好意を募らせた。

「千代さんには今、付き合っている人はいるの？」

幸一は一番聞きたかったことを口にした。

「いません」千代はうつむいて答えた。

幸一は、ここで意を決して言った。

「千代さん、これから付き合ってくれませんか？」やっと口にすることができた。

「私、まだ子供だけど、いいんですか？」千代は相変わらずうつむいたままだ。

「何が子供なものですか、立派なレディですよ」

幸一は、思わずそんな言葉を口にした。

「私でよければ……幸一さん、どうぞよろしく」

千代は頭を下げた。その仕草が可愛いらしかった。

「千代さん、いいものあげるから目を閉じて」と言いながらも、幸一の声は震えていた。

千代は素直に目を閉じて待つ姿勢を取ると、幸一はゆっくりと顔を近づけて千代の唇を吸った。

千代は恥かしそうに幸一の右腕をつかむと頭を幸一の左肩に預けて、遠くの島々を眺めながら、

「ありがとう」と言った。その言い方がまた可愛いと幸一は思った。幸一は左肩に置いた千代の顔を少し上げさせて、千代の鼻を軽く噛み、そして唇を重ねた。


本木と今日子は明神崎方面の海岸にいた。今日子のほうが積極的に誰もいないところへ行こうと誘った。本木が思いついたのは、淳が漂着した海岸であった。二人は大岩を越えるために張り巡らしてあるロープを伝い、明神崎方面の海岸に下りた。反対側に下りると、今日子はすぐ腕を組んできた。今日子の身長は本木とあまり変わらない。並んで歩くと同じところに頭があった。今

日子は嬉しそうに見え、本木は少し戸惑って見えた。

「本木さん、キスして」

今日子は歩きながらいきなり言った。

本木は驚いて今日子を見た。と、今日子と目が合った。今日子の目は笑っていた。本気とは思えなかったので無視して歩くと、「本木さん、キスして……」と、今日子は本木の腕を振りながら言った。本木は今日子をまた見ると、今日子は視線を落とした。

本木は立ち止まり、今日子を抱き締めた。そして、どちらからともなく唇を重ねた。今日子は本木の腰に両手を回した。本木も今日子の腰に腕を回して、お互い上体を少し反らして見つめ合った。

「今日子さん、俺でいいの？　敏之のほうがよかったんじゃないのか……」

「今日子は本木さんが好き、大好きなの」

本木は右手を腰から放して、今日子の髪を耳の後ろから持ち上げなでた。今日子の髪はサラサラと本木の手の甲に流れ落ちた。今日子が唇を尖らしキスをねだると、本木は右手に絡み付いている今日子の髪を軽く引っ張り、顔を近づけて唇を合わせると強く吸った。本木は唇を離すと、「先まで歩こう」と今日子を誘った。この場所では大岩を他のカップルが乗り越えてきたらまずいと感じた。

今日子も頷き、先を急いだ。途中で本木が、「この風穴で淳は寝ていた」と今日子に説明すると、「へー、淳さんはここに流れ着いたの」と興味深そうに覗き込んでいた。


淳と理恵は並んでテーブルになっている岩に座り沖を眺めていた。淳は時計を見た。二時三十分を指している。

「理恵、あと三十分。十五分くらいで帰れるから、もう少しここにいよう」

淳は優しく理恵の耳元で囁いた。理恵は何も言わずに頷き、両足を左腕で抱え、右腕を淳の左腕に絡めて、頭を淳の左肩に乗せた。海からの潮風が理恵の頬を優しくなで、髪を揺らした。

「どうしたの？　ごめんね」淳は、理恵の涙が自分の肩に落ちたのを感じて言った。

理恵の顔を見ようとしたが、理恵は顎を引いて顔を見せない。理恵の肩が小刻みに震えている。その震えが淳にも伝わってきた。

「理恵、ごめんね」

理恵の顎を上げて顔を見ようとしたが、理恵は頑なに顎を引いている。どうしても顔を見せたくないようだ。淳は仕方なく理恵の好きなようにさせた。

理恵はひとしきり泣くと、ようやく淳を見上げた。理恵の視線は驚くほど弱かった。淳は思わず理恵の唇を吸おうと思って顔を近づけると、理恵は顎を引き、頭を小さく振った。

淳は仕方なく理恵の顎に右手を添えて顎を上げさせて、唇を合わせると強く吸った。後はお互い貪り合い、時の経つのを忘れた。

長い口づけの後、涙の中で理恵は淳の胸を叩き、胸の中に泣き崩れた。淳は理恵の背中を優しくなでてあげながら、左腕の時計を見ると、集合まであと十五分を指していた。

素早く計算して急いで帰れば十分ぐらいだ。あと五分はこのままでいよう。淳は理恵の背をなでながら海を見つめた。不知火海は緩やかにうねっていた。淳はどこかでこの光景を見たような、何か懐かしい気分になった。

いつ、どこで見たのだろう？　と思ったが、思い出せなかった。理恵は淳を見上げていた。

「この海を眺めていたら、何だか懐かしい気分になった」

「私も、そういう気持ちになったことがあるわ」理恵がやっと声を出した。

「よくわからないけれど、不思議な気持ちだ」淳は遠くを見つめる眼差しになった。

淳はまた腕時計を見た。十分を少し過ぎているので、理恵に「急がないと」と言った。理恵は、「帰りたくない」と淳の肩に頭を預けたまま呟いた。

「理恵、君は女の子のリーダーだろう。リーダーがそんなことを言っちゃ駄目じゃないか。今日まではリーダーとして皆を無事水俣まで帰さないといけない。そう思わない？」

「思わない……そう思わないようにした淳が悪いのよ。今日子にリーダーを譲るわ」

淳は困ってしまった。空を見上げ、次に理恵を見た。理恵は淳から目を逸らし、一瞬考えて、また視線を戻した時は微笑んでいた。

「わかったわ。でも本当に今日で降りるわよ。淳にそんな顔をされると私も困るわ」

淳の肩から頭を起こして立ち上がり、大岩を回るために海に飛び込んだ。淳も遅れず飛び込む。大岩を泳いで回り、岩場に上がり集合場所に急いだ。淳は理恵の手を引き、急ぐ。約束の時間に少し遅れたが、丸太の椅子に並んで座った。淳は時計を見た。三時三分過ぎだった。

まあいいかと思い、辺りを見回すと、本木と今日子がまだ着いていない。遠方を見渡すと、右の大岩の上に本木の姿が浮かび上がり、続いて今日子の上半身が浮きでた。本木が一生懸命引っ張り上げていた。本木は今日子を引っ張り上げると、ロープを使い、巧みにこちらの浜に滑り下りた。今日子もロープにつかまり下りようとしていた。すると、本木は今日子を必死で支えて浜へ下ろしている。淳は見ていて思わず微笑んだ。

理恵も本木と今日子の動きを見て、

「やっぱり今日までは私がリーダーをやるわ」と言った。

本木は頭をかきながら、今日子と手を繋ぎ走ってきて、遅れたことを謝った。遅れてきた今日子を休ませるため、いや自分を落ち着かせるために理恵は、幸一にお茶を女の子全員にいれてくれるように頼んだ。理恵はいれてもらったお茶を飲みながら、淳に「明日も来るけど」と当然のように言った。

「ひとりで？」と聞くと、理恵は頷いた。

「いいけど、疲れないの？」

「明日で島に来るのも終わりだから」と、理恵は、遠くを見つめた。

女の子達は竿のように一列になって海を渡っていき、また島は静かになった。淳は丸太に横になり、目を閉じた。打ち寄せる波の音が理恵の喘ぎ声のように聞こえた。

しばらく目を閉じていると、昨晩からの疲れがどっと出たのか、そのまま寝込んでしまった。また夢を見た。淳と理恵の絡み合う姿態の向うに何かが浮びあがった。淳は夢の中で、何だろうと近づいてみたが、不思議な影の正体はわからなかった。

目が覚めて時計を見ると、四時半を過ぎていた。幸一がやってきて、「変な夢を見たのか？　うなされていたぞ」と言った。「うん」と淳は言い、立ち上がると島を見つめた。まだ明るいせいか、感じるものは何もなかった。

淳は汗を流すために海に入り、潜った。


理恵は月ノ浦の浜に着くと、女の子達を集めて言った。

「今日はお疲れ様でした。特に今日子、ありがとう。団体で島に渡ることは今日でやめるけれど、明日もう一日、彼らは島にいるから、行きたい人は行けばいいと思う。行かなくても明後日の昼前には水俣港に戻ってくるから、その時、会えるけれど」

理恵がそう言って解散となった。自転車に乗り家路へ急いでいると、千代が追いついてきて「理恵先輩、明日も行かれるのですか?」と聞いてきた。

「行くわ」

「迷惑でしょうけれど、私も連れて行ってもらえませんか?」

理恵は千代の顔を見て微笑んだ。

「いいわよ、一緒に行きましょう。けれど私の時間に合わせてくれる? 九時にここを出て、四時に向こうを発つの。大丈夫?」

「大丈夫です。お願いします」と、頭を下げて千代は去っていった。

千代も恋の虜かと思った。理恵は家に帰ると自分で風呂を沸かした。母は既に帰ってきていて、夕食の用意をしていた。

理恵は何気ない素振りで母に帰宅を告げ、風呂に行きお湯を湯船に入れながらシャワーを浴びて、塩分を落とした。そして、身体に石鹸をつけて洗った。石鹸を流して湯船に身体を浮かべて天井を見上げると、淳の顔が浮かんだ。明日も行くからね、とひとり呟いて、ふーっと吐息を吐き、目を閉じた。

淳の肢体を思いださせた。頭を振って吹き消そうとしたが、消せない。まるで目の前に淳がいるかのように返って鮮明に浮び上がり、思わず自分の胸を抱き締めた。自分の乳房の感覚がますます淳の肢体を浮かび上がらせた。理恵は湯船から上がると、水シャワーを頭から浴びた。

少しは心が軽くなり、ひとりで食事を済ませると、買いものに出かけた。チョコレートと、もう一つは恥かしくて人に言えるものではなかった。自販機で人目を避けて思い切って買った。

淳は海から上がると、魚を突きに幸一と二人で出かけた。

淳が魚を突き、幸一が笹に通す。絶妙のコンビで瞬く間に十匹捕えたので帰ることにした。戻ろうとしたとその時、淳は背中に不思議な気配を感じ振り返ったが、でも何もない。そして、戻ろうとすると、また背筋に何かを感じた。

「幸一、俺の後ろを見てくれ」

幸一まで怖がるといけないのでそれ以上は言わなかった。幸一は振り返り、

「どうした、淳？　何もないけど……」と答えた。

しかし、理由はわからないが、淳は何かの気配を感じていた。淳は背中の気配と戦いながら、明日調べてやると誓った。

夕食を済ませて、食器を洗い、女の子達の着ていたものを水洗いして塩分を取り、ロープにかけ洗濯バサミで挟んだ。しばらくして風が出てくると、ワンピースは万国旗みたいに、はためきだした。その日は早めにテントに潜り込んだ。でも、なかなか寝つけない。身体は疲れているのだが、頭が冴えて寝つけなかった。皆、そうだった。

「孝、俺とお前は女の子とうまくいってないようだな」敏之が言った。

「そうでもないよ。尚子とはいまくいきそうな気がする。良子だって、いい子じゃないか」孝は答えた。

「可愛いし、目はきれいだし……かえって困っている。けがれを知らない純真無垢という感じで、やりにくいんだな」敏之は笑った。

「敏之、理想のタイプじゃないか」孝は少し羨ましそうであった。

「そうだけどな。明後日、迎えに来てくれるかな」敏之は心配そうに言った。

「来なければ、今日子に聞けばわかるよ」本木が言った。

「そうだな。ところで、淳、やったのか？」敏之が聞いたので、話が淳に飛び火した。全員、興味があった。

「やってない。理恵は、水俣に戻ったら……と言っていた」

「そうか、じゃあ二、三日後に淳は童貞におさらばか、羨ましいな。しかし理恵さんは気が強いな。木島に対しても一歩も引かなかったし。淳もこれから大変だな。今はキスまでなのか？」敏之がまた聞いた。

「うん」淳は嘘をついた。

「どうだった？」と、敏之と孝が身を乗り出した。

「どうってことないよ」淳は答えた。

「幸一はどうだ？」孝が聞いた。

「千代さんは、まだ一年だから何もしてはいない」幸一は答えた。

「そうだろうな、千代さんはまだ、ねんねだろうな。ところで本木、今日子さんとはどうなんだ」

敏之が怒り口調で聞いた。

「キスしたよ」本木はあっさり白状した。

「おっぱいにも触った。今日子のおっぱいはでかくて柔らかい」と付け加えた。

淳も不謹慎ながら、今日子の裸を想像した。孝と敏之はテントの中を「たまらんな」と言いながら転げ回った。

淳は眠りに落ち、夜半に目が覚めて小用のためテントを出た。まだ満天の星空で夜は明けていない。小用を足していると少し風が出て、また突然、背筋に不思議な気配を感じた。誰もいないとわかっていても振り返らずにいられなかった。が、当然のごとく何もなかった。何か妙な感覚のみが残った。

淳はもう一度振り返りたい感情を抑えながら、テントに潜り込んだ。寝転びながら一体何なのだろうと思った。目を閉じると理恵の肢体が浮かんだ。理恵の乳房が夢の中で弾んでいた。今日子とどっちが……と考えているうちに寝入ってしまった。淳が目を覚ますと、誰もテントにはいなかった。跳ね起きて外へ出て浜辺に走ると、皆、流木を集めていた。淳は寝坊を詫び、自分も流木を拾い始めた。

「淳は昨日から疲れているだろうから、休んでおけよ」敏之が声をかけてきた。

「もう大丈夫だ」

淳はいつものように食事の支度をした。食料はほとんど底を尽きかけていたが、それでもよかった。朝を除けば、後三度の食事で終わりである。

朝食を済ませると、淳は木島用に作った木刀をバンガローに取りに行った。戻ってきた淳に全員が、「どうした、何に使う?」と聞くので、昨日の夕方からの一件を言った。皆は口々に獣の霊だとか人の霊とか、はたまた島の魚を食べたのがいけなかったのでは、などと言いだした。本木が「俺も手伝う」と言ってくれたが、「もうすぐ理恵が来るから、理恵と行って調べる。理恵は俺より度胸があるから」と言うと、四人は納得したような顔つきになった。淳は心の中でおかしくなり、皆は、俺より理恵のほうが本当に度胸があると思っているのだろうかと思った。

「淳、お前は惚れているから感じないだろうけど、理恵さんはお前が思っている以上に度胸はあるよ。男だったら番長だね」敏之が言った。

「そうかな。優しいけどね」

「お前には優しいかも。惚れているから」孝も言った。

「噂をすれば、ほら、やってきた」本木が海を指差した。

見ると頭が二つ見えた。淳は、後ろを泳いでいるのは理恵だとすぐわかった。幸一が「千代さんだ！」と小さく叫んだ。敏之は「千代さんも幸一に惚れたか」と呟いた。

二つの頭はみるみるうちに近くなり、はっきりと判別できるようになった。淳と幸一は、それぞれに羽織るものとサンダルを取りに走り、幸一は千代を迎えに泳いでいった。淳は泳がずに、膝のところまで歩いていき、木刀を右肩に抱えて、理恵が来るのを待った。

幸一と千代は水の中でじゃれ合っていた。理恵は腰の辺まで泳ぐと立ち上がって、淳のところまで歩いてきた。淳が木刀を担いで立っているのを見て、「どうしたの。また何かあったの?」と辺りを見回した。淳は昨日からのことを話し、夢のことも話した。

理恵は赤くなりながらも、「おかしな話ね、確認しないと」と気丈に言った。そして、顎に結んだ紐を解き布袋を頭から外すと、その中のビニール袋からチョコレートを取り出して、自分達の分以外は「皆さんで分けてください」と敏之に渡した。

「淳、行ってみようよ」理恵は布袋をビニールの袋に投げ入れながら何の屈託もなく言った。

淳と理恵は島の右奥を目指した。途中、淳は理恵に「ワンピース着ないの?」と聞いた。理恵は、「どうせ濡れるから」とワンピースとサンダルを受け取ると、ビニールの袋にしまい込んだ。岩場を飛び越えて奥を目指した。こうして向かっている時は感じない。それとも理恵といると感じないのだろうかと思い、立ち止まった。

試しに理恵に待ってもらった。そして、海辺のほうに背を向けるとやっぱり不思議な気配を感じた。

でも、そのことは理恵には言わず、奥を目指した。

「淳、この先から何か感じるの？」

大きな岩に突き当たったところまで来ると、理恵が聞いた。

「そう」

「しっかりして、淳。ちょっと待っていて」

そう言うなり理恵は海に飛び込み、しばらくすると戻ってきた。

「何もないわ」と言った。

淳も思い切って飛び込み、向こう岸に顔を出してみたがやはり何もなかった。淳は石のテーブルに飛び乗ると、理恵に手を差し延べ引っ張り上げた。淳は濡れた木刀を右手一本で威嚇するように頭上で回した。「ブン」と空を切り、淳はよしと頷き、手前の風穴から調べることにした。何もない。中程の風穴に来ると、理恵は赤くなってしゃがみ込んだ。昨日のことを思い出したらしい。淳は理恵が座り込んだのを見て、一気に一番奥の風穴まで走った。木刀を肩に担いで。理恵の姿を見て、自分が戦わないと、と強く感じた。

やはり理恵は女、俺は男。奥の風穴は、時々波に洗われていた。外から見たが、何も見えない。しかし何かがいる気配を感じた。一度理恵のところに戻り、一番奥の風穴に何かがいることを告げた。

「何がいるの？」

「わからない」

「理恵は向こうに渡っていてくれないか。心配だから」

「いやよ。私は淳と一緒にいる。何があっても、一緒にいるし、いたいの」

淳は理恵を見つめた。テコでも動きそうにない。ふと不思議な気がした。抱かれている時の今にも消え入りそうな理恵と、今の頑固な理恵とどっちが本当の理恵だろうか。

「いやよ、私は淳と一緒にここにいる」

仕方なく、淳は理恵にここで待つように言い、奥の風穴に走った。呼吸を調えて、木刀を右肩から少し浮かせて、どのような変化にも対応できるように持ち、風穴にサッと入った。

瞬間、大きな生きものが目に入った。その生きものは、淳を見ると、「キュッ」と弱々しく鳴いた。淳が来るのを知っていたかのようだった。淳は風穴から飛び出ると、理恵に叫んだ。

「イルカがいる！　弱っているみたいだ」

理恵は走ってきた。

「海上を飛び跳ねていて、ここに飛び込んでしまったのだろう。早く海に帰してあげないと死んでしまう」

「淳、動かせるの？」

「動かせないかもしれない。理恵も手伝って」

「不思議ね。なぜ淳は、このイルカの出すテレパシーを感じたの？」

「わからないよ。この前、イルカに助けられたからかも知れない」

淳はイルカの頭をなでてあげると、イルカは、「キュッ」とまた鳴いた。

「このイルカ、メスなのかしらね？　淳になでられるのが嬉しそうに見えるわ」

「理恵、そんなことといいから、尻尾のほうを支えてくれないか。俺が持ち上げるから」

淳は、イルカの状態を見た。ちょうど岩の間にスッポリと挟まっている。体長は二メートルほど、重さはわからない。淳は持ち上げようとしたが重くて上がらない。が、少しは動いた。淳は理恵に海水を汲んでくるように頼むと、理恵は「器がない」と言うので、「ワンピースを入れたビニールの袋を使え」と言った。

理恵はなぜだか赤くなって頷き、ビニールの袋に海水を汲んできて風穴の中に流し込んだ。淳がイルカの身体を持ち上げると、また少し動いた。理恵にまた海水を汲んでくるよう頼んだ。イルカの身体が、岩で傷つかないように注意しながら動かした。テーブルの岩場まで移動できれば海まで滑らせることができる。理恵が海水で岩場を濡らした。淳は渾身の力を込めてイルカを抱き上げて、岩場から出した。

イルカを傷つけないようにテーブルに下ろすと、下ろした反動で淳は海に落ちた。イルカもテーブルの岩場から滑り落ちてきた。イルカは水中で淳の周りを泳いで離れない。淳は立ち泳ぎしながら、「理恵、やっぱりこのイルカは俺を救ってくれたイルカかもしれない」と言った。

「そうかもね。淳を救ったのは、私になり代わったメスのイルカなのね。そのイルカ、淳のこと好きなのかしら、離れないわね。妬けてくるわ」

淳は海中に潜り、イルカの頭をなでてやり、仲間のところに帰るように言うと、「キュン」と鳴いた。鼻にキスしてやると、もう一度「キュン」と鳴き、身体を擦り付け、やがて沖に去っていった。

淳は両腕を石のテーブルに置き、跳び上がった。理恵はイルカに妬いていた。肩に手をかけると、「知らない」と言って歩きだした。

「理恵、何を怒っている?」

淳は理恵の肩に手を添えて聞いた。

「私はもういらないでしょう。イルカの彼女にお相手してもらったら？　淳とはお似合いよ」理恵は歩きながら口を尖らせて、そっぽを向いた。

「理恵、イルカに妬くなんて、おかしいよ」

「どうせ私は、おかしいのよ。淳が私以外の女に興味を示すのは絶対いやなの。それが人間以外のメスでもいやなの」

淳は走って理恵の前に回り込んで、理恵の両手首をつかみキスをしようとしたが、理恵は頭を振って口づけをさせてくれない。淳は痺れを切らして、右手で理恵の手首を、左手で首を押さえ、逃げられないようにして、理恵の唇を吸った。

最初はいやがっていたが、すぐ激しく応じてきた。お互い頭を左右に動かしながら貪り合った。キスの嵐の後、理恵は少し腰を引きながら両手を淳の胸に置いた。

「私以外の女に興味を示しては、いや」

淳は二人の間にある理恵の乳房を水着の上から右手でもてあそびながら、「イルカでも？」と聞いた。

「イルカでも犬でも、猫でもダメ」

淳はその激しさにたじたじとしたが、かえって愛しさが増した。突然、淳は理恵を抱きかかえた。

そして、昨日の風穴へ向かった。理恵は淳の首に腕を回したまま、淳を見つめていた。淳は風穴に入ると理恵を優しく下ろして、「理恵、イルカもダメ？」とわざと聞いた。理恵は、「ダメ」と言いながら、淳の唇を求めてきた。淳は受け止めると、唇を重ねながら理恵を抱き締めた。


淳と理恵は皆のところへ帰った。

「イルカが一頭打ち上げられて、岩場に挟まって動けなくなっていた。そのイルカの発するテレパシーを第六感で感じたのかなあ。もしかしたら、溺れた時に助けてくれたのは、そのイルカかもしれない」

「へー、よくよく淳はイルカと縁があるな」

孝も敏之もそう言うと、「淳はイルカと結婚するかもしれないわ」と理恵が突然言いだした。

「イルカと？　じゃあ理恵先輩はどうするんですか」千代は言った。

「その時は私もイルカになるしかないわね。私、立派なイルカのメスになるわ。負けるものですか」

と理恵が答えたので、皆は何事があったのかと、淳と理恵を交互に見つめた。

「淳、理恵さんは何を言っているのだ?」敏之は興味深そうに聞いた。

「敏之、何でもないよ。理恵は少し疲れているだけだ。理恵、今日は昼飯食べたら帰ったほうがいい」

「いいえ、帰らないわ。イルカとデートされたら困るから」

皆はこの二人の会話を興味深く聞いていた。

昼飯はインスタントラーメンを分け合って食べた。今日の昼で、ラーメンはすべて食べ尽くした。淳はラーメンを味噌汁代わりに、朝の残っている飯を食べた。若い胃袋はラーメンだけでは足りない。理恵も食べ終わり、幸一にいれてもらったお茶を飲みながら、淳に「今日でこの島ともお別れだから、今度は明神崎のほうへ行きたい」と言った。

「イルカが来るかも」

「来てもいいわ。私が追っ払うから」

理恵はお茶を飲み終えると、淳の手を引いて立ち上がった。

「行ってくるから」と淳は皆に言った。

「ご苦労さん」敏之が言った。

二人の後ろ姿を見ながら、「淳も大変だな」と孝も同情気味に言った。

「やっぱり、理恵さんは激しいな」本木も言った。

「俺は似合いだと思うけど」幸一はそう言った。

「私もそう思います。好きだから妬くのだと思います」と千代も言った。

敏之と孝は顔を見合わせて、千代もわかっているじゃないか、というような表情をした。


淳と理恵は、左手の大岩の上に上がり、明神崎を通して不知火海を見た。淳はイルカの群れを探した。理恵が淳の脇腹を突ついて「イルカを探しているのでしょう」と言った。

淳は図星を言われ戸惑ったが、何も言わずに海を見つめた。理恵に促されて明神崎のほうの浜辺にロープを伝い滑り下りた。理恵も続いて下りてきたので、受け止めてあげた。理恵は淳の首に腕を巻きつけて、早速唇を求めてきた。軽く受けて、先を急いだ。淳は自分が倒れ込むようにして入ったあの風穴に腰を下ろした。

「ここだったわね。淳が私を助けに飛び出してきたのは」

「そうさ、俺も必死だったよ。しかし木島が前の晩にここに来ていたとはな。その時殺されていたら……」

「いや……」

理恵は淳の首に、腕を回して抱きついた。

「殺されなかったのも運、イルカに助けられたのも運」

「イルカは違う。私が祈った」理恵は甘えた声を出した。

「でも今はイルカが嫌いだろう」

「それは別な話」

「しかし、理恵があんなものを持ってきていたとは思わなかった」

淳は理恵の乳房を軽く触りながら言うと、理恵は真っ赤になり「だって、だって……」と言い、恥かしげに視線を逸らせた。

「だって、何?」淳は意地悪く聞いた。

「知らない」理恵はまた唇を求めてきた。

「また使うの……」

「知らない」

「使いたくなってきたよ、理恵」

淳は理恵と唇を合わせながら、今の理恵とさっき皆の前にいた時の理恵と、どちらが本当なのだろう?とまた思った。思いながら、どうでもよくなった。今のはかなげな理恵を知っているのは、自分だけだと感じた。

淳が理恵の肩紐をほどくと、ワンピースは理恵の身体から滑り落ちて水着姿が現れた。淳は躊躇なく水着もはぎ取った。理恵の乳房が現れて弾んだ。何度見ても理恵の乳房は美しかった。理恵は見られるのがいやなのか、抱きついてきた。

「理恵、ホントは色白なんだね」

淳は言いながら乳房に手をかけた。

「淳、私今は色が黒いけど、冬は白くなるから。そしたら淳も少しは皆に自慢できると思うわ」

「今のままでも自慢できるよ」

淳は理恵の左の乳首を吸った。理恵は淳の頭をかき抱いた。理恵はイルカの鳴き声が聞こえたような気がした。淳は理恵の背中に傷がつかないように寝かせると、理恵に覆い被さっていった。


今、淳と理恵は浜辺の一番奥に来ていた。

「理恵、どうする。登る？　それとも引き返す?」

淳は広葉樹と灌木に覆われた急な斜面を見ながら言った。

「今何時？」

「一時半。四時までだったらまだ二時間半もある」

「淳と二人きりでいたいから登りたい」

「疲れていないか」

「私は平気。淳こそ疲れていない？」

と言い、理恵はさっきまでしていたことを思い出したのか、また赤くなった。

そんな理恵を見て、淳は可愛く思い、理恵の鼻にキスをした。二人は淳を先頭に椎や楢等の広葉樹に覆われた崖を灌木を支えにして登った。理恵はもちろん淳に手を引いてもらった。男の足なら三十分もあれば登れる。理恵の手を引いても、四十分もあればだいじょうぶだ。

灯台を横切ろうとした時、人の気配に気づいた。足を止め、木陰に隠れた。理恵も淳の脇から先方を覗いた。

そこでは、幸一と千代が抱き合ってキスをしていた。淳と理恵は、お互い顔を見合わせて頷いた。淳は理恵の手を引き、二人に見つからないように、灯台を大きく回り反対側に出た。

「驚いた」淳は声を出した。

「何で？」

「だって、千代さんはまだ早いんじゃないの」

「あら、おかしな言い方。好きな人とキスするに早いも遅いもないと思うわ。淳もこの前言っていたじゃない、恋に年齢は関係ないって」

「じゃあ理恵はいくつの時？」

「淳とが初めて」

「嘘、つくな」淳は、額を軽く弾くまねをした。

「嘘じゃないわ。淳ともし中学時代に知り合っていれば、中学時代にキスしているわ。今までキスしたいと思う人が現れなかっただけ。だから高一の千代がキスしてもいいんじゃないの？　幸一さんとキスしたいと思ったのだから」

理恵は淳の指から逃れるように、顔を反らしながら言った。

「あの二人も、もう……」

「それはまだないと思うわ。千代を見ていればわかる」理恵はうつむいて答えた。

「理恵、ここから下りよう」淳は広葉樹と灌木に覆われている崖を覗き込み言った。

「下りられるの？」理恵は右手を淳の左手に絡ませながら聞いた。

「任せておけよ。手を離すな」淳は理恵の手をしっかりとつかんだ。

淳は、テーブル岩のほうの崖を、木に伝わりながら下りることにした。淳は理恵の手を引っ張り、転げ落ちるようにして下りた。中腹くらいまで駆け下りると、淳の目に手頃な草むらが飛び込んできた。淳は理恵の手を握ったまま、草むらを目指して飛び込んだ。勢いで二人は転がり、木の幹にぶつかりそうになってやっと止まることができた。

淳はさっきの二人のキスシーンを見て興奮していた。興奮を収めようと思った。収めるためにまた理恵を抱きたいと思った。理恵にはわからない。淳は強すぎるのかと思った。理恵は今日子や尚子に聞くわけにはいかず、経験のある同級生に聞こうと思った。母にももちろん聞くわけにはいかない。

淳は理恵の手を引いて立ち上がると、

「ごめん。でも理恵が悪いんだよ」と言った。

「何で私が悪いの?」理恵は身体に付いた雑草を払い落としながら聞いた。

「眩し過ぎる。可愛いからすぐ欲しくなる」

淳は理恵の手を引いて、もうそのことは忘れたように駆け下りて、テーブル岩の上部まで辿り着き、下りられるところを探した。場所はわかっていた。一番奥から三つ目の風穴の上だった。用心して横に歩き、下りられる風穴の上にまで来ると、淳は理恵を待たせたまま駆け下りた。そして理恵の足元まで登って戻ってくると、理恵に手を伸ばして下りるように促した。

理恵は淳に手を引いてもらい、おそるおそる岩場を下りた。エスコートする淳の顔を見て理恵も思った。この優しい淳と、理恵を抱き締める荒々しい淳とどちらが本当の淳なのだろうと。

淳はテーブル岩に、理恵を無事下ろすと、時計を見て「あと一時間ぐらいある」と言った。

「淳、ここでのんびり遊びましょう」

理恵はチョコレートを取り出し、淳に渡した。

「理恵は食べたの」

「ううん、まだ」

淳は理恵からチョコレートを受け取ると包みを破り、チョコレートを折って三分の二ほど理恵に渡した。理恵は笑いながら、「いいの？　優しいのね」と言ってチョコレートを口に持って行く。

淳も齧りながら、「理恵、帰りは大丈夫か？」と不安げに聞いた。

「大丈夫よ、淳と違って溺れないわ」

「いや、そういうことじゃなくて。俺の求めで疲れてはいないかと心配で」

理恵は、心配してくれるならそんなに求めてこなければいいのにと内心思ったけれど、「大丈夫、疲れていない」と小さな声で言った。

淳はチョコレートを食べ終わると、海に飛び込んで汗を流した。ひとしきり泳ぐと理恵のすぐそばに浮き上がった。理恵は淳のほうに向き直し、両足を淳の頭を挟むように下ろした。淳は理恵の足首をつかみながら立ち泳ぎをしていた。理恵は淳の頭をなでた。と、淳は嬉しそうに理恵を見上げた。理恵も淳が喜ぶのが嬉しくて、また頭をなでた。淳はまた嬉しそうに理恵を見上げた。

「淳、頭なでられると嬉しいの？」

淳は何も言わずに、ただ頷いた。淳は海から上がると、理恵に膝枕をして欲しいと頼んだ。理恵は頷き、岩テーブルの上に足を伸ばした。淳は理恵に近づき、理恵の太腿に頭を預けて、時計を見た。集合まで四十分ある。理恵の膝枕は具合がよかった。淳は目を閉じた。そのうちに、淳の寝息が聞こえてきた。このまま少し寝かせてあげようと思い、淳の髪をなでながら、寝顔に見入った。

田島淳――心の中で呟いてみた。優しい寝顔だと思う。理恵は淳の眠りを起こさないようにずっと髪をなで続けた。いつしか理恵も淳の寝息に誘われるように寝入っていた。

理恵は眼を覚ました。今度は淳のほうが目を覚ましていて、理恵を見つめていた。

「起きていたの？」

「うん」

「だいぶ前から？」

「いいや、ちょっと前」

「何で起こさなかったの？」

「理恵が気持ちよさそうに寝ていたから、俺が動くと目を覚ますと思って動かなかった」

理恵の瞳から涙がこぼれ、淳の顔に落ちた。理恵はこぼれ落ちる涙も拭かず、淳の顔は理恵の涙でグチャグチャになった。泣きながら理恵は笑った。淳の顔ははなたれ小僧のようになっていた。

「淳と会えて本当によかった」

理恵は言い、淳の唇を塞いだ。淳は理恵にされるがままに任せた。時計を見ると、帰る時間が迫っていた。理恵は唇を離すと、はにかむように笑った。淳は理恵に帰る時間が近いことを告げると、理恵は大きく頷いた。

理恵と千代は帰っていった。淳は理恵に持っていてと残ったものを渡された。淳は誰にもわからないようにバックの底に隠した。

その日の晩は、遅くまで花火などして遊んだ。明日でこの島ともお別れだと思うと寝るのが惜しかった。テントに入り、五人枕を並べてみても、寝つけそうになかった。

「淳、感謝するよ。来てよかった」敏之が言った。

「彼女まで、できたしな！」孝は叫んだ。

「淳に感謝だな」本木も言った。

「俺は理恵さんに感謝だな」幸一は千代の顔を思い出していた。

「皆がよかったと思うのなら、俺も嬉しい」淳は言った。言いながら理恵の顔が浮かんだ。


翌日も快晴だった。気温はぐんぐん上昇した。淳は皆より少し早く起きて浜辺まで歩いた。海に飛び込み少し泳ぐと、寝ぼけた身体に海水が心地よく沁みた。海から上がると、井戸まで行き、真水を頭から浴びて、朝食の用意をすることにした。

本木が起きてきて、米を研ぎだした。味噌汁の具はお決まりのワカメ。残ったワカメは、水で塩分を取り刻み、皿に盛った。それから鮭缶と赤貝の缶詰も開けた。これで持ってきた食料はすべて使い切った。敏之達が起きてきて、全員で島での最後の食事をとった。皆の顔は輝いていた。島から離れたくないと思う反面、早く戻りたいという思いもあった。食事が終わってテントを畳んで離島の準備をした。時計を見ると八時だった。漁船のオヤジに迎えにきてもらうのは十時と約束してあるので、あと二時間で島とお別れである。

その時、敏之の素っ頓狂な声が聞こえた。

「おーい、皆、来い！　真珠があるぞ」

皆は敏之の元に走った。淳も走った。敏之は真珠の粒を掌で転がしていた。

「どこにあった？」孝が聞いた。

「そこの貝殻を蹴ったら中から出てきた」敏之が答えた。

「本当か？」孝はそこら辺に転がっている貝殻を蹴って歩きだした。すると、そのうちの一個から真珠の粒が転がり出た。

「あった！」孝も叫んだ。

それから五人は真珠採りに熱中した。養殖真珠の貝が、棚の金網から何かの拍子で落ちて島の浜辺に打ち上げられたものらしい。淳は時計を見た。八時半を指していた。漁船が迎えにくるまで一時間半。淳は真珠探しに専念することにした。皆も同じ気持ちらしく、誰も言葉を発しなかった。淳はなかなか見つけることができないので焦った。場所を変えることにした。島の左の大岩まで歩いていき探した。よく見ると無数の貝殻が散らばっていた。淳は中背になって夢中で探した。十個目の真珠を拾い上げたところで、迎えの漁船が到着した。

仕方なく真珠採りはあきらめ、荷物とテントを漁船に積み込んだ。缶などのゴミも漁船に積み込み、淳は最後に漁船に乗り込んだ。

漁船はリズミカルなエンジン音を上げて島を離れた。淳は船尾から島を眺めた。理恵と並んで座った丸太の椅子や皆の胃袋を満たしてくれた自然の釜戸が遠くになっていく。淳は思わず右手を上げて叫んだ。

「ありがとう！　恋路島」

そして眼を前方に転じると、淳は、港で待っている理恵の姿を思った。淳はポケットに手を突っ込んだ。ポケットの中には浜で拾った真珠玉が入っていた。淳は理恵に五個、残りの五個は母親にあげようと思った。島をまた振り返って見た。島はすっかり小さくなり、その全貌が現れた。緑の島の彼方に大きな入道雲が空を覆っていた。

「おおーい！」

幸一が叫んだので船首のほうを見ると、千代の手を振っている姿が見えた。

理恵の居場所もすぐわかった。他の女の子達から少し離れてジーパンのポケットに両腕を突っ込み、街灯のポールに背をもたれかけ、こちらに鋭い視線を送っていた。理恵らしいと淳は思った。理恵の髪が時折風にたなびいていた。船頭は巧みに漁船を操り、前後させて接岸させた。幸一がまず飛び降り、千代のところに走っていき、続いて本木が降りて、今日子とハイタッチをした。次に孝が降りた。尚子は淳を追っていた視線を孝に移し、ニッコリ笑った。敏之が降りて良子に近寄ると、良子も敏之を見て笑った。最後に淳は、テントの入った大きなリュックを背負って漁船のオヤジに礼を言って降りた。

理恵に近づくと、淳を上目使いに見つめた。左手でポールをつかんだまま、右手を淳に差し出した。

「お帰り、淳。これからよろしくね」

淳は大きなリュックサックを下ろすと、出された右手を繰り寄せて、理恵の腰が折れるほど引き寄せた。理恵の髪は背中に流れ落ちて風に舞い、淳の鼻腔をくすぐった。揺れる髪をかき分けると、理恵の小さな可愛らしい顔が現れた。

「どうしたの？」

淳は両腕を理恵の細い腰に回して、また力を込めて引き寄せた。上体を離して理恵を見つめながら、「理恵、よろしく」と淳は言うと、「淳、よろしくね」と理恵はまた言った。

どちらからともなく唇が重なった。遠くで雷鳴が轟きだしていた。

5

車は箱根の急坂を上り、宮の下の信号を強引に直進して仙石原を目指した。目指す仙石原は近い。すると、突如、淳の脳裏に尚子のふくよかな肢体が浮かび上がった。記憶の中の尚子は、十八歳のままだった。

あれは、三月も終わりの頃だ。桜の花の下、熊本城の天守閣を望めるベンチに並んで座っていた。

「淳さん、理恵さんと付き合っていて、幸せ?」尚子に聞かれた。

「幸せだよ」

「そう……」

「どうした、尚子さん、急に黙って」

「……」

「どうしたんだよ、尚子さん」淳は尚子を見た。尚子は意を決したのか、口を開いた。

「淳さん、お願いがあるのだけれど。私、前にも言っていたように高校を卒業したら、大阪の会社に就職するの、淳さんは東京の私大だったわね。そうしたらもう会えなくなると思うの。私……淳さんとの思い出が欲しいの。理恵さんには悪いとは思うけれど、淳さんとの思い出がどうしても欲しい」

尚子はそこまで言うと赤くなってうつむいた。

淳は尚子の横顔を見つめた。淳は尚子の長い睫を見つめ続けた。尚子は、淳のほうは見なかった。あたかも私のこの横顔を心に刻みつけて、というように。

淳にも尚子の悲しみが伝わってきた。どうしようかと淳は悩んだ。そして決めた。理恵には悪いが、今日一日は尚子の恋人になろうと。淳は左手で尚子の髪をかき上げた。尚子は驚いたように顔を右に向けた。淳は顔を近づけていき、優しく尚子の唇を吸った。尚子の腰に左腕を回して引き寄せると、尚子は淳の左肩に頭を預けてきた。二人して天守閣を見上げた。三月の熊本城の桜が、花びらを散らし始めた。

「尚子さん、今日一日は俺、尚子さんの恋人になる」

淳は左手を尚子の腰に回したまま、右の掌で舞い散る桜の花びらを受け止めながら言った。尚子も左の掌で桜の花びらを受け止めながら、顔を上げると淳の横顔を見上げて、「今日だけ?」と聞いた。

「うん、今日だけ」

「今日だけか……そうか……けど、嬉しい」と尚子は甘えた。

淳は肩越しに尚子の唇を強く吸った。一陣の風が吹き、花吹雪が二人の上に舞った。花で覆われたベンチに座り、二人は唇を貪りあった。尚子は唇を重ねながら、この時がいつまでも続き、明日が来ないことを願った。長いキスの後、「家に来る?」と淳は聞いた。

「誰もいないの?」

「父は東京での教師の学会に出張中だし、母も働いているから夕方までは帰ってこない」

「兄弟は?」尚子は心配そうに聞いた。

「多分遊びに行っているさ」淳は確信を持って答えた。

ベンチから立ち上がると、淳は左腕をズボンのポケットに入れて少し隙間を作り、尚子に腕を組むように促した。尚子は嬉しそうに右腕を絡ませてきた。家に着くまで、尚子の乳房の柔らかさを左腕に感じながら、家路を急いだ。

幸い、家には誰もいなかった。淳は自分の部屋に尚子を招き入れた。

淳は尚子の髪を優しくなでながら、髪に付いていた桜の花びらを取ってあげた。

「ありがとう」尚子の瞳に涙が溢れていた。

淳はたまらず、すぐに尚子を裸にすると抱き締めた。島での日焼けが嘘のように透き通るような白さだった。淳は両手で尚子の顔を挟んでじっと見つめた。尚子も下から見つめ続けた。すると、長い睫と一緒に瞳が閉じられた。淳は、尚子の上にまた覆いかぶさっていった。髪に残っていたのか、淳の頭からも、桜の花びらがヒラヒラと尚子の目尻にこぼれ落ちた。


淳は尚子を熊本駅まで送っていった。尚子は、「別れが辛いから来なくていい」と言ったが、淳が承知しなかった。列車が来るまで時間があったので待合室に入った。

「一年半前ね。ここで会ったのは」尚子は寂しそうに言った。

「そうだね」

「昨日のことのように覚えているわ。おかしいものね、最初は孝さんが気さくでおもしろい人と思っていたのに、いつの間にか淳さんのほうが好きになっていた。理恵さんがいなければと何度も思ったわ。でも悔しいけれどあきらめた。あきらめるのが苦しくて何日もベッドの中で泣いたわ。でも、今日のことを思い出にして生きていく……」

列車の到着のアナウンスが流れた。

「行かなくちゃ。お別れね、悲しいし寂しいけれど、お別れなのね」尚子は呟いた。

「また会えるさ」淳はやっと答えた。

無言で二人は改札口を抜けると、すぐ右に折れてホームのベンチに腰を下ろした。尚子は座ると淳の左肩に頭を預けた。いつの間にか、夕闇が辺りを暗くしていた。遠くで汽笛が鳴った。博多発、西鹿児島行きの列車の汽笛だとわかった。

「淳さん、お別れのキスして」

尚子の瞳は涙で覆われていた。淳もまた悲しい気分になり尚子の唇を吸った。ヘッドライトを光らせて轟音と共に列車が滑り込んできた。抱き合う二人は、瞬間、列車のヘッドライトに包まれた。尚子は列車が着いても立ち上がろうとしなかった。

「もう乗らないと」淳は唇を離すと言った。「もう少し」と、尚子は唇を求めてきた。ホームのベルが鳴りだした。尚子は身体を離すと、淳を見つめて、「ありがとう」と言い、振り切るように走りだし、列車に飛び乗った。淳も後について走った。尚子はタラップで立ち止まり、振り向き、「さようなら」と言い、唇を突き出した。淳も唇を突き出し重ねた。

その時、列車が、ガタリ、と動きだした。二人の唇は離された。

尚子の顔は、笑っているようにも泣いているようにも、そして怒っているようにも見えた。

エピローグ

「あなた、何をブツブツ言っているの？」理恵に注意された。

「全く、今日のあなたはおかしいわ」

「尚子はうまくいっているのかな」淳は呟いた。

「さあ、どうかしら。最近は連絡もないし、何かあったら連絡はしてくると思うけれど」

「そうだよな、連絡があるよな」

「あなた、やはり尚子に興味があったのね。尚子もあなたに好意を寄せていたから」

「そんなことはないよ。俺にはお前しかいない」

淳はきっぱり否定した。突然、なぜ尚子とのことを思いだしたのだろうと思った。

「おかしな人ね、またブツブツ言って」

「理恵……俺と一緒になって後悔していないか？」

「どうして？　今さら後悔したってもう手遅れでしょう。あなたのほうこそ、私と一緒になってどうなのよ？」

「感謝しているよ、俺みたいなろくでなしと一緒になってくれて」

「自分のこと、そんなに卑下することはないわ。さっきは女のことであなたを責めたけど、女にだらしないところを除けば、あなたはその年になっても気がつかないんでしょうけど、いいものをたくさん持っている。あなたにいいところがなければ、私が一緒にいると思う？　助けると思う？　助けないわよ、とっくに別れているわ」

「そうかな、いいところを俺は持っているのかな。いい年して無茶で無鉄砲で、すぐキレやすいと思っていた。理恵、俺も年を取ったから、もう無茶はしないと思うけど、キレそうになったら抑えてくれよ」

「もちろん抑えますよ。そのためにあなたと一緒になったんだから、これからも二人して生きていきましょう。ここまで一緒に生きてきて、それを、あなたのおかしな行動で壊されたくないもの」

「悪いな、がんばるよ」

「あなた、がんばらなくてもいいわよ。私達、普通の夫婦なんだから」

「そうだね理恵、これからもよろしくな」

「私のほうこそ、よろしくお願いします」

車は仙石原の信号を左折して温泉街を目指した。

「ねえ、あなた、今夜、青春しない？」

突然、理恵は言った。思わず理恵の横顔を見ると、理恵はまっすぐ前を見つめ微笑んでいた。そして、「どう、まだ可愛い？」と言った。

「可愛いよ、島にいた時よりも」

「無理しなくてもいいわよ」という返事が返ってきた。

理恵は、クラッチレバーに置かれている淳の左手の甲に自分の右の掌を添えてきた。理恵の温かさが伝わってきた。淳は、いつもこの温かさに助けられてきたことを、しみじみ思った。

「理恵、青春するか」

淳は叫び、車を路肩に停めた。淳は左腕で理恵の首を引き寄せると、理恵の唇を吸った。久し振りの理恵とのキスは懐かしい香りがした。横を追い越して行く車が、クラクションを鳴らしながら通り過ぎていった。

七月の箱根の風が、開け放たれた車の窓に吹き込んできた。理恵の長い髪がなびいた。それでも二人は離れなかった。淳も理恵も恋路島で過ごした遠い日々を思いだしていた。
幸せな気分が二人に満ちた。

著者プロフィール

吉田　一（よしだ　はじめ）

1947年（昭和22年）熊本県玉名郡に生まれる。
法政大学経済学部経済学科卒業。
1970年（昭和45年）テルヤ電機㈱入社、現在に至る。

恋路島・夏

2003年5月15日　初版第１刷発行

著　者　吉田　一
発行者　瓜谷　綱延
発行所　株式会社文芸社
〒160-0022　東京都新宿区新宿1－10－1
電話　03-5369-3060（編集）
03-5369-2299（販売）
振替　00190-8-728265

印刷所　図書印刷株式会社

ISBN4-8355-5584-8 C0093